脱贫攻坚石圣村

刘奇叶◎著

国际文化出版公司

·北京·

图书在版编目（CIP）数据

脱贫攻坚石头村 / 刘奇叶著. -- 北京：国际文化
出版公司，2021.9
ISBN 978-7-5125-1329-7

Ⅰ.①脱… Ⅱ.①刘… Ⅲ.①中篇小说-小说集-中
国-当代②短篇小说-小说集-中国-当代 Ⅳ.①I247.7

中国版本图书馆 CIP 数据核字(2021)第 141021 号

脱贫攻坚石头村

作　　者	刘奇叶
特约策划	张立云
责任编辑	侯娟雅
封面题字	鄢福初
插　　画	石　山
装帧设计	潇湘悦读
出版发行	国际文化出版公司
经　　销	全国新华书店
印　　刷	长沙市精宏印务有限公司
开　　本	710 毫米×1000 毫米　　16 开
	14 印张　　　　　170 千字
版　　次	2021 年 9 月第 1 版
	2021 年 9 月第 1 次印刷
书　　号	ISBN 978-7-5125-1329-7
定　　价	68.00 元

国际文化出版公司
北京朝阳区东土城路乙 9 号　　邮编：100013
总编室：（010）64271551
销售热线：（010）64271187　　传真：（010）64271578
传真：（010）64271187-800
E-mail：icpc@95777.sina.net

序 xu

乡村记事与都市物语

◎ 陈卫华

　　本土作家刘奇叶先生勤奋多产，在长篇小说创作的间歇，创作了不少中短篇，今日汇总，结集出版，可喜可贺。我与奇叶先生同为湖南省株洲市政协委员，又彼此有文字交道，故嘱我写序。陆续拜读，有所感悟，略陈如下。

　　本书作为小说汇集，文集主题多重，题材多样，人物纷繁，有眼花缭乱之感，但总体说来，可大致区分为两大空间记事。第一是乡村，包括文集主打作品《春晖》《爱我故乡》《最后一个心愿》《今非昔比》《难忘那片荆棘地》《脱贫攻坚石头村》，另一大类别则是都市生活记录，尤其是女人婚恋生活情感浮沉物语，包括《有缘再见面》《最美遇见》《原色》《有爱不任性》。两类作品素材不同，空间各异，表现出不同的篇章风格。

表现乡村的深刻变革与人情百态

随着脱贫攻坚战略的实施，精准扶贫、精准脱贫也成为近几年文学书写的重要题材，文学界对这个题材充满期待。在视角和风格有些趋同的写作氛围中，刘奇叶作品中浓郁的诗意、对乡村人物关系的熟稔，以及对乡村生活和语言的生动拿捏，让人眼前一亮。大到修路、通电、办工厂，小到开办农家乐、娶妻生子，在《今非昔比》里，石头村人生活的方方面面都与精准扶贫紧密相连，作品以鲜活的事例展现精准扶贫政策在乡间村寨的具体实施，以及在这个过程中村民自身命运的转变。

《脱贫攻坚石头村》讲述了石头村的干部群众认真落实精准扶贫重要指示，在党委、政府的带领和社会各界的关心帮助下，自力更生，艰苦奋斗，将大山深处贫穷落后的偏远村寨逐步建设成为精准脱贫模范村的艰苦历程。村民自身命运的大转变，乡村生活的生动细节，干部群众的实干精神，体现了作者鲜明的创作态度和崇高的创作追求。小说写出了基层扶贫工作者的酸甜苦辣，为精准扶贫研究提供了宝贵的鲜活素材。《今非昔比》通过两次回家探亲的深圳富豪的感官体会，呈现家乡脱贫致富后的巨大变化，尤其是人的变化和精神的变化，书写新的中国当代乡土文学的人物形象。由于这本书把具体的人和事，尤其是细小的、最普通的人和事，植入情感的框架予以叙述，所以读起来有趣味，有感染力。

刘奇叶的笔对人民怀有朴素的感情，写出了对乡民的淳厚情感。他的早期作品《难忘那片荆棘地》追忆了童年生活，写到小顽童们偷吃春天新发的荆棘芽儿，引出看上去凶巴巴实则友善的村民"多黑佬"。《爱我故乡》为民营企业实打实办事服务的嘉善县领导班子，党与人民的鱼水深情，以及淳朴的民风等各个方面都在作品中得到了比较充分的展现。《春晖》里恪尽职守、鞠躬尽瘁的老税叔，临终前把自己的九万元存款资助一对救火烈士儿女。《最后一个心愿》写七十五岁的退休老党员老泉执着举报贪腐干部。文字里都饱含深情，就像写他的亲人一样，对他们的命运在精准扶贫工作开展之后发生了什么样的改变、怎样一种改变，是发自内心的关切，是自然而深切的感情。在这部书里，心愿和意愿之间的内在契合写得非常自然，淳朴的情感得到了升华。

另外，有点小特别的短篇《阴司鬼》，力图勾勒表面奉承却在背后使劲作祟的乡村小人钟连城。乡村人物百态，不仅有纯朴善良的"多黑佬"，也有卑鄙小人。这一块其实有很大的发掘空间，真实呈现一个立体丰满的乡村人物世界，奇叶先生可以继续努力。

叙写都市的婚恋隐喻与叙事伦理

男女之间的爱情和婚姻问题是该小说集子都市空间写作的主要话题。本来，爱情是人类永恒的话题，在这个多元化、个性化的时代，出现了各种各样的恋爱模式，但是刘奇叶仍然书写了纯洁的爱恋。比如，《有缘再见面》里洁茹与张涧的纯洁爱怜、生死隔离。在这部短篇中，作者表达了对纯洁爱情的向往，赞美了坚贞不渝的古典式爱情。

　　爱情除了纯洁、圆满之外，其实插曲也是最多的，这类题材在该小说集子里比重不小。《原色》里描写主妇雯雯嫌弃穷书生丈夫越君而离婚再嫁土豪张宇，再离婚后才对穷书生前夫的珍贵价值幡然醒悟；《有爱不任性》里写伍媚与律师张淖、韩虹与医生曹非于流产事件败露跳窗自杀，弘蕾与帅哥周健的纠缠，结果自己的局长老公章灏发生外遇了。

　　这个版块话题的凸显，应该是作者有意无意形成的结果。一个源于当下中国都市现实，改革开放四十多年来，传统的婚恋观遭受了巨大的冲击，深刻地改变人们对婚姻的看法和认识。婚姻中的自由被提到了一个重要地位，婚姻的质量也得到了大大的改观。与此同时，拜金主义的肆虐、感性文化的泛滥、社会风气的普遍浮躁以及《婚姻法》对旧式婚姻的宽容，各种因素交织在一起，使得现代都市家庭生活插曲不断、悲剧连连。

　　事实上，婚恋悲剧是文学创作中一直存在的题材，世界文学中就有《少年维特之烦恼》《贝姨》《安娜·卡列尼娜》《查泰莱夫人的情人》等经典。中国"五四新文化运动"以来的新文学大量地描写了婚恋悲剧，其中表现接受了新的思想文化和道德观念的青年，反抗父母包办的封建式无爱婚姻，追求个人幸福与自由。如郭沫若的《漂流三部曲·十字架》、曹禺的《雷雨》、许杰的《隐匿》、含星的《苦闷的灵魂》等，包办婚姻代表的是封建伦理道德，冲破包办婚姻牢笼则象征着对旧的伦理观念的挑战，实现的是个性解放，获得"人的权利"。这类婚恋叙事成为反封建思想文化斗争的一种叙述策略。

　　《原色》故事的女主人翁转一大圈似乎又回到了起点，但通过她在两性情爱关系中的欢乐与痛苦、追求与幻灭、希望与绝望等体验，揭示出当下社会人们的某种情感精神境况，体现了作者对古典理想情爱关系的诗意追怀。《有爱不任性》描写了所谓的风流角色打着"自由恋爱"的旗号玩弄女性，追求"个性的解放"，小说对此进行了严肃的道德思考。与五四文学中的婚恋悲剧文学比较，新时期婚恋叙事以"人"为关注的中心，而非个性解放的符号。当然，也有的婚恋叙事侧重对已婚者喜新厌旧、见异思迁的批判。一般来说，婚恋叙事背后都寄予着作者的思考：或表现个性解放，反对封建思想文化与伦理道德；或表现人性解放，反驳"左"倾思想；或借以挖掘人性深度，揭示情感世界的复杂；或进行道德思考和社会批判。刘奇叶的小说亦是如此。

笔者以为，相对于乡村题材写作，该文集都市婚恋故事版块，在叙事手法的娴熟、心理描写的微妙、语言运用的细腻流畅度等方面，是作者更擅长的，比较显现作者才华的部分。有些好句子可以一读。《原色》中雯雯与丈夫离婚后那复杂心情的一段描写："办完离婚手续，分别之际，云淡风轻。他转过身去，却迈不开步子，背对着她，像低头的屋檐。忽然，一片落叶轻飘飘地落在他的肩上。她想替他掸去，可就在慢慢靠近的一刹那，他那熟悉的混合着寒酸味的气息扑面而来，她不由得涌起一阵莫名的心酸，手也蓦地停在了半空，而他，似乎也觉察到了什么，肩头微微一抖，那片落叶便晃悠悠地掠过了她冰凉的指头。"末路夫妻，欲说还休的复杂情与思，浮动、纠结在一片落叶的坠与不坠之中，写得分外巧妙，十分细腻。

一位真正的作家只有不停地写作，才能使内心敞开，就像日出的光芒照亮黑暗，灵感这时候才会突然来到。刘奇叶先生很勤奋，小说集是他努力写作的又一次成果体现。文本本身当然存在一些局限，尤其是乡村那一块，人物的立体感、环境营造的真实性、主题的烟火味等，都可以再提高、再深入，但我们相信，勤奋的刘奇叶先生会不断处身于发现之中，创作出越来越优秀的作品。祝福他。

陈卫华，浙江大学博士，湖南工业大学教授，硕士生导师，"湖南省 121 创新人才工程"人才，株洲市学术技术带头人、株洲市首届优秀青年社会科学专家。

目录 mulu

春晖

春晖有个别名叫"老税叔",是个老税务干部,今年五十了。三十年前,春晖从省财税学校毕业,就一直待在最边陲的一个乡镇税务所,一待就是三十年。他不是没有进城的机会,但他每一次都让给了其他人。先是让给比他年老的同志,后来属他资历最深了,他又把机会让给年轻人。

似乎习惯待在乡镇干着税费征收服务工作,国税、地税分开时,春晖又选择了地税。税务所里才四五个人,他是最年长的一个,每年也是出勤最多的一个,不管酷暑严寒还是春华秋实,他都是度年如日,走工场,进农庄,一腔热血奉献于征税服务工作,和这一片群众打得火热。渐渐地,人们碰见春晖不再叫他的名字,而是习惯叫他"老税叔",包括同事也是这样称呼他。

这一天,"老税叔"要去一家新开的机砖厂征税,同他一块去的还有新来的小陈。小陈是个二十岁出头的大学生,刚刚参加工作,也是他第一天干征税服务工作。新开的那家砖厂离镇上有十多里路,"老税叔"照常骑着他那老掉牙的嘉陵摩托。"老税叔"让小陈坐在他屁股后面，小陈有点犹豫。他不放心地问："'老税叔'，这车行吗？"

"包你没事。别看这车不咋的，但性能不差，就像到了我这个年龄吧，还行。""老税叔"用手拍了拍后座，让小陈放心坐。

"老税叔"脚一踢支架，摩托像是听了他命令一般就驶上了村道水泥路。远远地，屁股后面冒着一股油烟。路上，小陈好奇地问："'老税叔'，你没钱吗？就不能换一台新摩托吗？""老税叔"没有吱声，一心开他的车。小陈见他不回话，似乎心里有了谱，"老税叔"八成是缺钱，不好意思说出来吧。小陈记得自己前天来所里报到时，还看见过他穿过一条带补丁的灰色裤子。都什么年代了，是不是有点朴素过了头？那么，"老税叔"的钱到哪里去了呢？小陈觉得是个秘密，很是费解。

嘉陵摩托在一个高耸入云的大烟囱前停了下来。"老税叔"让小陈先下，自个儿把车停在一侧，锁好。然后，"老税叔"让小陈跟着他。机砖厂规模很大，大约占地五千平方米，从高高的烟囱就知道，是一家日砖产量上十万块的民营企业。"老税叔"带着小陈找到砖厂厂长办公室时，却见厂长办公室闹哄哄地围着一群当地村民，像是在争吵砖厂的运输车辆压垮当地村道的什么事情。

"老税叔"刚要走进去，忽然身子一个战栗，然后他不由得蹲下身去，脸色铁青，表情十分痛苦，似乎在顽抗地抵御什么。这一幕被后头的小陈看到了，他赶紧跑过来，忙问："'老税叔'怎么啦？是不是病了？今天砖厂人多不便于开展征税工作，要不明天再来吧？"

"老税叔"忙摆摆手，努力地站起身，强装着笑容说："我没病，身体没问题。""老税叔"话音刚落不觉一愣，原来他在人群中认出一个人，那是本地村委会的吴主任。那边吴主任同时也看到了他，从里头走了出来跟他打招呼。"老税叔"便问吴主任他们在这里闹哄哄的是怎么回事。

吴主任告诉"老税叔"，这家砖厂是一家大型民营企业，每天出产的砖块上十万块，已开工生产五六个月了，因砖厂生意不错，每天来往的运输车辆多，孰料没多久就将刚硬化不久的水泥村道压坏了，村道变得坑坑洼洼的，给村民们的生产生活带来很多困难与不便，而砖厂又不管，这样，村民们便找砖厂评理。"老税叔"一听，急欲跨进厂长办公室去。吴主任忙拉住他，问他去做啥。"老税叔"说，要与他讲讲理，哪有为了自身利益破坏群众利益的？吴主任赶紧凑近"老税叔"耳边说，这个厂长是县里某领导的侄子。

"是某领导的侄子就可以不顾群众利益、不管群众幸福吗？我不仅要去评理，还要征收他的税呢！""老税叔"执拗地说。"老税叔"一踏进厂长办公室，先把几个村民拉开，然后向厂长亮出证件说是税务所的，过来征收税款。

厂长听说过"老税叔"这个人，见了忙站起身把"老税叔"喊到里面一个房间，拿出一个鼓鼓的红包说："'老税叔'，这是我的一点心意，不成敬意，请笑纳。"

谁知"老税叔"看都没看红包一眼，而是一味认真地告诉他砖厂经营以来该征收的税费数目，要他近两天把税费交了。厂长一听急了，忙掏出手机打电话，说了几句话后就把手机递给"老税叔"说："这是县委杨主任的电话，他要你接一下。"杨主任是县委常委、县委办主任，来头很大，"老税叔"知道。"老税叔"有点不情愿地接过电话说声"你好"，杨主任在电话里要他关照一下，帮忙减免砖厂的税费。"老税叔"说："依法纳税是每个公民义不容辞的责任，就假如是本人我开的也是一样。所以这个税费无法减免，请领导理解支持。"说完先把电话挂了，然后拉开门走出里头房间，再三嘱咐跟在身后的厂长近两天把税费交了。

　　"老税叔"刚转身走开几步，忽然记起什么，又倒了回来，面无表情地对厂长说："你还有一份责任，你的砖厂运输车把村道压坏了，可得负责把村道维护修好，其实群众的幸福也就是你的幸福。"接着，"老税叔"自个从身上掏出一沓钞票，递给村委会吴主任说："这是我一个月的工资，我知道你们村里困难，我是一名共产党员，应该带个头资助一下村里，帮助群众解决实际困难，这里表示我的一点心意。"接着又嘱咐吴主任道："你现带着群众回去，不要影响砖厂的正常生产，同样，发展民营经济也是一件利国利民的事情。回去后带领广大群众把破损的村道维修好。"

　　待在一旁的厂长看到这些，不禁深为"老税叔"的感召言行所动，他红着脸上前对"老税叔"说："'老税叔'，您真是我们学习的榜样，不愧为一名全心全意为人民服务的共产党员。这边我会尽快安排财务人员去缴纳税费，请您放心。"然后又对吴主任说："不好意思，砖厂的开办给大家添麻烦了。你们先回去把村道公路维修好，费用由我负责。""老税叔"听了，紧紧地握了握厂长的手，脸上舒展开了股股笑靥。小陈知道，那是一种幸福的微笑。

　　嘉陵摩托又响了，远远的，屁股后面冒着一股油烟。小陈坐在摩托后座，一路上不语，仿佛在沉思什么。

　　过了两天，"老税叔"突然病倒了。医生一检查，结果是骨癌，晚期。"老税叔"病倒后，小陈才知道，"老税叔"身边没有其他亲人，父母早逝，从小受四邻周济长大，结婚后老婆因嫌他没生育能力就离了。"老税叔"其实是早知道自己患了癌症的，与癌魔抗争已经快五年了，但他一直没有对谁声张过。"老税叔"在临去之际，颤颤地拿出一本存折，递给一直陪护着他的小陈说："这里头有九万元，是我的所有积蓄，你去找到早几年前镇里那一对因家里火灾失去父母的姐弟，继续每个月给他们送去读书生活费用，直到他们读完大学……"

小陈双手接过存折，不停地使劲点着头，直到"老税叔"满意地挤出最后一丝微笑……

"老税叔"出殡这一天，这个乡镇几乎所有的乡亲都出来了，在马路边自觉排成近两里路长的两行，人们无不含泪为"老税叔"送行。特别是那一对失去双亲的姐弟，端着"老税叔"的遗像走在前头，哭得像泪人一样。

虽然"老税叔"匆匆走了，但小陈总感到有一片春晖漫进自己心里。

爱你深几许？

一

乔决定要去深圳打工了。

这一下，可急坏了一个人。

这个人就是跟乔同住一个村的湘。

湘与乔同住的那个村叫百木村，也是他俩从小玩耍长大的地方。

湘与乔不仅一起玩耍长大，而且两人从小学念到高中，一直是同班同学。谁知两人时运不佳，高考一起落榜后，湘爹利用他干木工的本行，在离百木村不远的大马路旁边，一个叫马头坳的地方，开了一家木工厂，湘自然成了木工厂的小老板。乔可惨了，一旦丢开了书本，闲在家里就坐不住了，加上她没考上大学一肚子的气，日子过得挺忧郁的，感觉前途一片渺茫。

万般无聊的时候，乔想到了湘，不觉之间，红晕飞上了脸颊。这死呆子，高考不知不觉过去了一月有余，怎么没有他一丁点消息？莫非他另有相好的了？

湘长得英俊帅气，还会没人中意他？乔想到这里一急，撒开腿儿就往湘家跑去。

湘的家与乔的家虽同住一村，但这个村的住户比较分散，湘的家正好在村的东头，乔的家却在西头，拉开了一段距离。乔一阵小跑，很快出汗了，细细的汗珠顺着她姣丽的瓜子脸缓缓地淌下来，那模样，那韵致，宛如一株刚从清水湖出来的芙蓉。

乔一个劲地跑到了村东头。谁知她兴冲冲地赶到湘的家门口时，心很快就凉了下来：迎接她的是一把"铁将军"把门。这死呆子，去了哪里呢？还有，他爹呢？乔觉得奇怪，便向湘家的隔壁邻居打听，邻居家一位老大娘说："你要找湘一家子？你不知道他爹在马头坳开了一家木工厂呀？他们都到木工厂做事去了。"

乔辞谢了老大娘，十分颓丧地往回走。马头坳离这儿不远，也就三四里路程，可乔不想去。她生湘的气，开了一家木工厂？开了就开了吧，怎么不跟她透露一点信息？好像有意瞒着她似的。是担心她经常跑去木工厂玩碍着他？还是他确实有新相好的了，怕她今后去捣乱扫他的面子？哼，别把人瞧扁了！想到这里，乔恼气不觉涌了上来。她觉得，原来湘对她那般要好的点点滴滴，现在看来都不过是过过场，假的哩！

乔一边叹气，一边匆匆地往回赶。可是走了不到几步，乔的脚步又停住了。乔很不心甘，总觉得心胸间隐隐地有一股说不出的痛，一股从未有过的痛。她一急，脚不慎绊上了一块石头，叫了一声"哎哟"就摔倒了。乔顿时感到腿部一股生疼，扭过头一看，因她走得急，未料小腿被石头擦破了一块皮，还出了点血。

乔这时多么希望湘能够出现。如果湘在身边，他会十分心疼地帮她止血，然后在她摔伤的地方轻轻地按摩，末了还会问她痛不痛，直到看见她满意地摇摇头时，湘才会扶着她慢慢地往前走。以前湘都是这么做的，可现在连湘的鬼影子都见不着了，或许就是碰上他出现了，说不定还懒得理你呢！乔暗骂自己鬼迷心窍，痴心妄想。

还是自己的事自己解决吧。乔苦涩地从旁边菜地里摘了一片菜叶，小心地擦去伤口上的血迹，然后站起身一扭一拐地往前走。

快到自家门口的时候，乔又觉得自己这样天天待在家里挨日子过不是个办法，还要被人提防着呢！乔又想起湘。自己不是有头有脑吗？不是照样有一双手吗？何必要想到人家身上去呢？自己通过双手去劳动去收获，那才叫生活得有价值有意义呢！前不久，在深圳宝安打工的表姐不是来信说她厂里正招工吗？还说工资有好几千，又管吃管住的，自己何不去试试？这样，既避开了防着自己的人了，又找到了工作，两全其美哩。对，明天就动身去深圳。

乔打定主意，刚跨进家门，正碰上爹扛着一根木料准备出去。

"爹，我想明天动身去深圳了，去表姐那里打工。"乔兴冲冲地说。

"怎么好好地，要去深圳打工了？"乔爹是一个老实巴交的庄稼汉。他感到女儿忽然间起的变化，有点蹊跷。他不是不让女儿出去，而是认为女儿才高中毕业，社会经验全无，就这么马马虎虎地出去了，她能吃得消吗？所以，乔爹不得不为自己唯一的宝贝女儿担心。

"我已想好了，表姐也来信让我去。"乔找来一把椅子坐下来，想揉一揉跌伤的腿。

"你的腿怎么啦？"爹见女儿腿上有血迹，忙放下手中的活儿，去弄了些药帮女儿搽那伤口。

"刚才在外面不小心绊的。"乔故作轻描淡写，其实她在心里恨死了湘。

"以后走路要小心些，不要冒冒失失，已是二十岁的人了，应该学稳重些了。"乔爹一边帮女儿搽涂伤口，一边语重心长地说。

"知道啦！"对爹的唠叨，乔早已听腻了，不由得翘起了她那小小的樱桃嘴。

"你最好还是在家待一段时间再说，到时候你真想去深圳，我送你去。"乔爹这时站起身，爱怜地看了女儿一眼，欲又去扛那根木料。

"爹，你去哪儿？"乔问爹。

"你娘说，昨晚那喂猪的木潲盆被猪咬烂了，要我到马上坳木工厂锯料重新做一个。"乔爹回答女儿。

"去马头坳？"乔一听兴奋起来，腿伤也不痛了。

"怎么，你有事吗？"乔爹忙问女儿。

"哦，没，没事。"乔本来想跟爹一块去马头坳木工厂看看，见爹这一问，又羞于开口。

爹走后，乔又暗骂自己：咋的？说好了不理那死呆子的，怎么又想起他来了！自己真是贱！

"乔乔，你过来一下。"这时乔娘在外面喊她。

"唉，娘，什么事？"乔见娘回来了，忙迎了出来。自她一生下来，乔觉得娘最心疼自己了，什么事都顺着她。

"你把晾干的衣服收进屋去，我要腾地方晾衣服。"原来，她娘是从河边洗衣服回来了。

"好的。"乔应着，把已晾干的衣服一一收拾好，然后撒娇般地对娘说："娘，我明天想去深圳表姐那里打工。"

"去深圳打工？"乔娘听了有点吃惊，"你为什么想起去深圳了？是不是你表姐又来信催你了？"

"娘，我年纪不小啦，不能老是待在家里靠爹娘过日子呀，我想去外面锻炼自己，去实现自我价值啊。"乔怕娘有犹豫，用了个新名词来开导娘。

乔娘也是个通情达理的人，她认为女儿长大成人也该见识一下社会了，又听女儿说得有理，也就同意了。但她仍有点放不下心："深圳离家不是几里几十里，而是一两千里远哩！到时你想家咋办？还有，外面的世界十分复杂，你能分辨清好坏吗？"

乔见娘同意了很高兴，顺口答道："娘，女儿这些都懂，再说还有表姐在呢！我如果想家了，就写信给爹娘。"乔俏皮地说完，就跑进屋里整理自己的行李去了。

二

乔兴致盎然地刚整理好用得着的行李物品，忽闻外面有人在使劲地叫她的名字。乔细细一听，是湘的声音。这死呆子，咋在这个时候冒出来了？莫非是谁透露了我去深圳的消息，他猛地跑过来想挽留我？哼，谁叫你这么久没理人家，来了也是白来。这么想着，她便没好气地闭嘴不应。

"哦，是湘伢子，你找乔乔？她在屋里哩！你进屋去找她吧。"乔娘在外面招呼着湘。

湘连忙一个急步跨进了屋，却见乔用后背朝着他。

"乔乔，叫你怎么不作声？"湘感到一头雾水。

"问我？还是问你自己去吧！"乔噘着嘴儿丢下一句话，仍没转过身来。

"乔乔，这些日子我一直想过来看你，可是自从我家里开了木工厂后，生意太忙了，我一直脱不开身。"湘满肚子委屈，"刚才看见你爹来了木工厂，我忙问起你，听你爹说你要去深圳打工，我就撒开活儿立马跑来了。"湘说罢，擦了擦满头的汗。

"看你，会编故事嘛！"乔终于转过身来，但仍没有一个笑脸给湘，"白天没空，难道晚上也没空？八成是有了别的相好的了吧？"

"看你说到哪里去了，我可不是负情忘义那号人。晚上？唉，因白天生意太忙，晚上我爹就逼着我加班，描图，设计，什么都要我做帮手。你说，我怎么挤得出时间？"湘诚心地向乔解释。

"噢，不是你怕我一个丫头碍着你？不是你怕我来给你捣乱添麻烦啦？"乔盯着湘的眼睛，她仍不太相信刚才湘一个劲地解释。

"不是，不是，都是你自己误会了。我怎么怕你碍着我呢？我想接近你都来不及，想向你说我爱你都……"湘说着忽然发现自己说漏了口，脸上那个羞红呀，像七月天太阳底下的红辣子一样。

乔也听清楚了，分明湘说出了那个埋藏在自己内心深处又被羞赧层层包裹了的神秘的词汇，此时在这个紧要关头上一不小心给他捅出来了，那个羞呀，怎么不叫乔心速加快，脸上火一般燃烧呢？她曾经许久想向湘启齿吐露这个词了，但终究未能撕开"羞"字的包装，没想到湘这次一急劲，"爱"字便一览无余地赤裸裸地呈现在双方的心前了。

乔可谓又羞又喜，之前对湘产生的一切误会，此刻统统抛之九霄云外了。她偷偷地去瞅旁边的湘，没想到湘也乜着眼在悄悄地瞧她，四目相撞，如正负两极电相遇一般迸了一道火花。这火花促使乔的心跳更快了，让湘的血液循环更提速了，两人几乎是不约而同地相拥住对方，久久地未放。

还是乔心细胆大，她双手捧住湘通红的脸蛋，眼睛里写满了认真："你说，你爱我有多少？"

"我爱你！爱你的全部！"湘迎着乔撩人的目光，满腔赤诚地答。

乔听了十分满意，一头钻进湘的怀里，深情地说："你留在家里，我去深圳打工。等过两三年后，我们再考虑结婚，好吗？"

"这怎么行呢？你在深圳，我却待在家里，怎么让我受得了？这样吧，深圳你也别去了，我回去跟爹说一声，看看木工厂有什么事适合你做的。这样，我俩不是经常在一起了吗？"湘想出了他的主意。

"看，你又来了，把我放在你木工厂，到时你看不顺眼了想骂想打，我不是死挨吗？不行！不行！我做我的事，我想去深圳锻炼锻炼，尝尝实现自我价值的滋味。"乔仍坚持要去深圳。

"既然你一定要去深圳，那我也跟你一块儿去吧！"湘像下了决心似的说完，急急地拉住乔的手，生怕她先溜了似的。

"你真的要去？"乔不由得睁大了眼睛，惊愕地看着湘。

"对，我非得去！你第一次出远门，我不放心，我要好好地陪在你身边。"湘认真地回答。

见湘如此地关爱她，乔很感动，但又觉得湘小看她的能耐，心里又有些不服。"你家木工厂呢？不要啦？还有，你爹会同意你出去吗？"乔试探着问湘。

"木工厂我可不管了，大不了我爹请个帮手。我爹不同意，我只有偷偷地跟你走。"湘不顾乔的哂笑，拿定了自己的主意。

乔听了湘的话，感到十分满意，能为自己放弃木工厂的，还会有谁？只有湘！但是，乔又觉得有点不妥："这样做，不是很好吧？"

"我说了，我对你的爱要付出全部，我不能没有你，你明早就在县城汽车站等我吧。"湘一字一顿地说完，向乔招招手就走了。

见湘如此执拗，乔也就不再吱声。她觉得，有湘在身边，比什么都强。

三

一大早，乔被她爹娘送到了县城长途汽车站。刚进车站，乔的目光就四处寻找湘的影子。可是，当她把汽车站望了个遍，仍旧没有看见湘的影子，八成是他爹不同意他出来了。乔这么想着，心间不觉涌出一股失落感。

"别盼着湘伢子了，人家木工厂生意那么好，他爹怎么会让他跑外面来呢？"乔娘见女儿还在东张西望，便好言相劝。

"他说如果他爹不同意，他就会偷偷跑出来，并说好要我在汽车站等他的。"乔不肯罢休，眼睛仍往四处搜个不停，希望发现湘。

"傻瓜！他说的话你就这么当真？"这回性子憨直的爹也说话了，"你还那么容易相信人，今后怕不上人家的当才怪呢！走，上车去！"

"等一下吧。"乔仍相信湘会来。

"还等什么？快等了半小时了！马上就要到发车时间了，看你还坐车不？"乔爹推着女儿上了开往深圳的长途车。

车终于开动了，乔不放心地又回头把车站望了一遍，没有，湘不会来了，乔终于灰心了。她无精打采地伸出头，向爹娘挥了挥手，便十分失望地钻进车内去了。

四

到了深圳，乔很快找到了表姐的厂。表姐所在的厂位于深圳市宝安二十二区，那是一家制鞋的外资企业。乔的表姐现在已是鞋厂车间的主管，凭着她的关系，乔很快进了这家制鞋厂做员工。

一连几天，乔上班时心不在焉，老是想着家里的湘，此时此刻他在做什么呢？他会想起她吗？如果是的话，又是怎样想她呢？是在他心中不停地向她表示忏悔？请她原谅他？还念着她在外面打工的辛苦？牵挂着要她好好保重身体？哼，自己想得倒美，湘会这样想着她吗？你以为你这样想着他，他也会如此念着你？要不，他早就跟你一块来了。乔暗地里又骂自己鬼迷心窍，痴心妄想。乔一分神，手中的一只白色皮鞋半成品，在上线绳时被飞速的缝纫电车扎过了头，显然，又一只鞋报废了。这几天，乔老是出错，尽管她是初学，但跟她同时进厂的员工早已熟络了。这时，表姐过来了，她一见乔愣在那里不动，知道她又做错事了。

下班后，表姐特意把乔叫到厂外，忙问她几天来神经兮兮地在想什么，乔只好把在家里与湘的事告诉了她。

"人家只一句话，你就弄得个神魂颠倒的？"表姐为乔的天真幼稚感到十分好笑。

"他说过，既然爱上我，就会永远跟在我身边的！"乔想为湘争辩。

"他说他爱你，又真真实实爱你有多少？"见惯了世面的表姐讥笑着乔。

"他会深深爱着我！"乔鼓起勇气，向表姐坦诚相告。

"呵呵，你才高中毕业对吧？你读过爱情小说对吧？你和他从小一块长大有点感情对吧？可是，你能保证他对你的爱经得起考验、始终不渝吗？"表姐表情很严肃地问乔。

"这，我……"乔这次没把握了。

"我可要提醒你，你来深圳打工，你可要听我的，特别在爱情方面。如今这世上，你可别指望什么纯洁神圣的丘比特出现！"表姐扔下这句话，便进厂里去了。

乔没有动，她愣在那里，表姐的话如一记重锤，敲在她耳鼓上，痛在心坎上。她不明白的是，才出来三年的表姐变得如此精明老成，对爱情方面又冷漠得不近人情。

五

说来也怪，经表姐一泼冷水，乔的心渐渐地没那么乱了，不再把心思放在湘身上，而是开始静心地工作了，但是一到晚上，乔还是忘不了湘，她一闭上眼，脑海里尽是湘的影子。

一天，乔下班刚打完卡，忽然听见一个熟悉的声音在厂门口叫她，乔一转身，顿时露出一脸的惊喜：那是她日日夜夜盼着的湘在厂门口！乔慌忙跑出厂外，一把拉住湘的手："湘，你真的来了，又是怎么跑来的？"

"很对不起，乔，我来晚了。"湘疲惫的脸上写满愧意。

"别说这些了，咱们先去吃饭吧。"乔忙拉着湘进了附近一家湘菜馆。

坐定后，湘便把自己那天为何没赶去县城汽车站的事情始末，一五一十地告诉了乔。

原来，那天湘回到木工厂后，当即跟爹提起了他与乔的事，谁知他爹一听，极力表示反对，更不用说让湘放下木工厂不干跟乔一块去深圳了。因为湘爹早已请媒婆与村委会主任说好结为亲家，将主任的女儿配给湘。自开办木工厂以来，湘爹因生意忙得不可开交，这事也就忘记跟湘说了。如今湘爹见湘恋上了同村的乔，尽管这女孩子长得亭亭玉立，是附近十里难挑的美人坯子，但湘爹认为那村委会主任的女儿也不差，况且，对方家有权有势，门当户对，湘爹又怎容得下湘自作主张？湘见爹不同意，便据理相争，与爹吵红了脸。但湘爹是一个十分固执的人，为防发生意外，他当即跑回家，将湘的身份证、毕业证等，还有湘常穿的几件新衣服和家里的现金全部拿到自己房间偷偷藏了，锁了。然后又紧紧监视着湘，以防他出走，连晚上都同睡一张床上。湘娘死得早，他都是他爹一把屎一把尿带大的，湘不想跟爹闹僵关系，不想让爹为他的事太伤心。可现在也真让湘为难，父亲的严密监视，他无法脱身跑去县城汽车站与乔相会，只好在心里默默请求乔原谅他，并祈祝她一路顺风。乔去了深圳后，湘爹又逼着湘同意那桩婚事。为了使自己脱身，让爹解除对自己整日的监视，湘便违心地答应了爹。湘爹这才放下心，便不再监管他的一举一动。有了人身的自由，可湘又发现他的身份证和毕业证等这些外出用得着的东西被爹锁住了。湘有点着急，但又不好明问他爹要，免得他爹起疑心。这一天，机会来了，他爹要去镇上进一批木料，湘见来了时机，一路疾跑回家，用一把铁钳撬开了爹房间紧锁的木衣柜，取出身份证、毕业证、衣服等，并拿了少部分钱，然后给爹留了一张字条，再飞一般地跑到乔的家里，向她爹娘要了乔的地址，便马不停蹄地搭上火车跑来了深圳。

听了湘的诉说，乔感动得眼睛里滚出了泪花。她为湘获得爱的自由跑来她身边欣喜万分的同时，也为他目前的生存问题感到担忧："湘，你现在怎么办？"

"我不用你来着急，堂堂一个男子汉，世界这么大，怎会没有安身之地？我下午就去找工作。"湘不想乔为他担忧，蛮有信心地对她拍着胸脯说。

饭后，湘与乔商量好，下午乔仍去上班，湘则去找工作，两人晚上再碰面。

六

整个下午，乔没心思上班，一直在牵挂着湘。她觉得湘追求爱追得好辛苦，如果不是她插在其中，湘会受这份苦吗？深圳这边又人生地不熟的，湘能顺利地找到工作吗？如果湘顺着他爹答应了那桩婚事，他又犯得着千里迢迢来深圳吗？这一切的一切，都说明湘把她放在何等重要的位置上！乔忽然记起了表姐的话，她觉得表姐只不过拿话吓唬她而已，或者是她遭遇过不幸恋爱的打击后，对爱情的一种偏见吧？

又到下班时间了，乔赶紧收拾好一件货也没做完的工作台，一溜烟出了车间，打完卡，就急急忙忙地将眼光往厂门口扫，没想到湘早已候在门口了。

"工作找得怎样？"乔一出厂门劈头就问。

"我在宝安二十三区的一家公司仓库找了一份做保安的工作。"湘兴奋地告诉乔。

"哇！那太好啦！"乔听了高兴得跳了起来，"走，我们去湘菜馆吃饭，我要为你祝贺祝贺。今晚正好不加班，吃了饭后我陪你去街上走一走。"

"不用了，就吃个盒饭吧。"湘不想这么大手大脚地花钱。

"哎呀，找到工作了还怕啥？应当庆贺庆贺！"乔不容湘多说，硬是拉着他的手进了那家湘菜馆。

从湘菜馆出来的时候，已是华灯初上，大街上两旁那美丽的霓虹路灯，还有那栋栋高楼墙面上的精美霓虹灯广告，把深圳这座年轻的城市装扮得繁华富有，熠熠生辉。

乔和湘手拉手，沐浴着这城市的旖旎之光，面对这城市的喧哗，他们感到从未有过的幸福。湘与乔不知不觉地来到一片树影婆娑的草地上，两人再也顾不得彼此间的羞涩，紧紧相拥热烈地亲吻起来。看着这一对恋人享受着来之不易的爱恋光景，月亮羞得躲进了云层，路上的行人渐渐稀少，像是有意回避他们似的，悄悄地绕道过去，生怕惊动这亲密无间的一对情侣……四周一片安静，只有湘与乔心跳动的声音。

乔先清醒过来，忙问："不早了吧？"湘一看表，不觉一惊："时间过得真快，快十二点了。"

"哎呀，厂里十二点关门，快，我们都回去吧！"乔有点慌张。

"别急，让我先送你回厂后，我再返回二十三区。"湘忙安慰乔。

"这么晚了，你还回二十三区？让我回去跟厂部说一下，让你在我们厂留宿一晚算了。"乔不放心湘一人走夜路。

湘还想说什么，忽然，离他们不远处传来一阵紧急的呼救声，好像有人在抢劫。不一会儿，一个高大的人影直往他们这边惊慌地冲来，后面，远远地紧追着一个女人，那女人边走边痛心地疾呼："抢劫呀，抢劫呀！"那凄厉的声音，在寂静的夜空中显得特别刺耳。

"不好！有人遭抢劫了！"乔吓得紧抱着湘直打哆嗦。

"别怕，有我在！"湘一边把乔护在怀里，一边警惕地张望四周。

"抓住他！抓住他！他抢了我的包，那里面有我要进货的一万元钱呀！"后面那个女人一路跌撞地追着，边哭边喊。

这时，那魁梧的汉子如同一只惊弓之鸟，慌不择路地直朝站在树影下湘与乔相拥的地方逃来，眼看就要逃过去了，说时迟，那时快，倏地，湘推开乔，一伸腿，将急逃的大汉重重地绊倒在地，紧接着，湘一个箭步上去，将大汉手中的包一把夺了去。谁知那大汉非同一般，见半路上杀出个程咬金管了他的闲事，不禁勃然大怒，嗖的一声掏出匕首，一把将吓呆在路旁的乔劫持住，将锋利的匕首架在她的脖子上，一边恶狠狠地向湘威胁道："多管闲事，你想找死！快把包扔过来，否则你女朋友甭想活命！"

"啊！湘！你快过来救我！我好怕啊！"乔被大汉紧紧地扼住，早已吓坏了，拼命地挣扎着大叫起来。

"乔乔，乔乔，你挺住，我来救你！"湘见心爱的乔被大汉劫持做了人质，大惊失色，他一边急急地安慰着乔，一边又心急火燎想着办法救乔。包是别人的，但绝不能扔给他，可乔在他手上怎么办？湘顷刻急出了一身大汗。

湘在家里喜欢体育运动，尤其是武术，曾在学校里跟体育教师学过几手。但此刻乔作为人质劫持在大汉手中，湘不敢造次，怕乔万一有个闪失。湘就这样与大汉紧张地对峙着。忽然，湘急中生智，将手中的包朝远处一抛，那急红了眼的大汉果然上当，他一把撇开人质直朝那个包扑去，谁知湘猛地一个飞腿，将大汉手中的匕首踢飞，那大汉一惊，抢过包就跑，正在这时，附近闻讯赶来的两名巡警到了，三人合力将大汉擒住。抓住大汉后，湘方才想起乔，他慌忙跑向乔，却见她早已昏厥过去了。

七

乔醒来的时候，已是第二天早上，才发现自己躺在医院里。一直守在乔身边的湘见乔醒过来了，十分高兴，忙问乔好些没有，身上还痛不痛。乔想起昨晚上发生的事，忙翻身坐了起来，全身看了一遍，还好，没伤着什么，只是手指关节处有点肿痛，显然是当时拼命挣扎的缘故。湘见乔没有大问题，也就放了心。

"昨天晚上，把你吓坏了吧？"湘有点内疚地问。

"都是你！都是你！"乔娇嗔地噘起嘴巴，用小拳头捶了捶湘的后背。

"你不是常说要消灭社会上的坏人吗？"湘觉得有点委屈。

"我又没说你做错了啊！"乔破涕为笑，紧接着，她关心地问道："你没事吧？后来怎样了？"

"我没事，后来来了两名巡警把那歹徒抓走了！"湘答。

"再后来呢？"乔又问。

"再后来警察与我一道把你送进这医院来了。"湘哂笑着答。

"我是说你呀！"乔不满湘的回答。

"说我？"湘不好意思地摸了摸后脑勺，才接着说，"后来那两位警察把我的事，跟我那还未正式上班的仓库公司说了，公司对我很满意，当即派人送来奖金一千元，并特地准许我一天假陪你哩。"

"哇！你立功了，他们把你当英雄了？"乔羡慕地望着湘笑。

"哪里，哪里。"湘被乔说得脸红红的，手又不由自主地摸了摸后脑勺。

"好了，不跟你说了，我要去上班了。"乔说罢要准备下床，她担心厂部发现她旷工会扣她的工资。

"我早打电话去你厂里帮你请了假，你就在这里休息一天吧。"湘忙按住乔的手。

"真的？你真是太好了！"乔高兴得差点叫了起来。

"让我帮你揉揉手关节。"湘心疼地拉住乔的手，轻轻地按摩着。

"哎哟！轻一点，疼！"乔差点大叫起来。

"看你还敢爱我不？"湘戏谑地问叫痛的乔。

"爱！"乔被激将起来了，倔强地答。

"爱我有多少？"湘学着上次乔问他那样问。

"深深地爱着你全部！"乔被逗笑了。

"你可要知道，做英雄的妻子，没那么轻松。"湘又逗她。

"谁是你的妻子了？你坏！老是想占人家的便宜……"乔假嗔用手指往湘的额头上狠狠一戳，然后又羞涩地笑开了。

八

整整一天都没见到乔在车间上班，乔的表姐十分着急，她忙到厂部打听，才知道乔的男朋友从家里过来了，还帮她请了一天假，不由得皱起了眉头，她担心乔会出事。

傍晚的时候，湘把乔送回了厂，然后分手走了。一见到乔那个恋恋不舍的模样，表姐感到一阵恶心。这鬼丫头，看来还挺投入呢！不晓得人家过两天就把你给甩了！乔一见表姐就喊了一声，谁知表姐板着脸没应，而是一把将她拉过一边，大发脾气道："一天就晓得疯跑，我不是告诉过你别轻易相信人家吗？"

"表姐，他是刚从家里来的湘，就是上次我向你提到过的他。"对于表姐的不明事理，乔忙解释着。

"我知道是那臭小子，但你哪有在外面疯跑一天的？"表姐一个劲地质问。

"哎呀，表姐，我知道你为我好，但你得让我把话说完嘛！"乔不满表姐的妄加指责，把昨晚上发生的经过，全部说给她听了。

可表姐听了仍不以为然，说："湘这人仗义勇为不假，但是谁能证明他对爱情专一？说不定他为了取得你对他的信任，不择手段冒险行动呢！"

"你呀，怎么变成这样一个顽固不化的保守分子了！"乔对表姐露出十分不满的神情。

"我顽固不化？"表姐对乔的指责大为不悦，"实话告诉你，表姐我就是在这方面栽过跟头。"

"你在这方面栽过跟头？"乔有些诧异。

"是的。"表姐痛楚地回忆道，"在去年这个时候，厂里一个四川的男孩拼命地追我，刚开始他处处关怀我、体贴我，有一天晚上他约我出去喝茶，回来时有个小流氓侮辱我，他也挺身而出，将小流氓赶跑了，就这样我对他的爱深信不疑，投入了他的怀抱……"表姐说到这里不说了，哽咽起来。

"最后，你就失身于他？"乔小心地问表姐。

"嗯。"表姐揉了揉湿湿的眼睛，"后来我怀了孕，他却抛弃了……"表姐说完失声地哭了起来。

"这流氓、骗子，他现在在哪个地方？我叫人去狠狠教训他一顿！"乔听了义愤填膺，深为表姐打抱不平。

"他早已出厂了。后来听人说他挺身救我的事件都是他巧设的圈套，目的是取得我对他的信任。没想到我被蒙住了，但身边我又无亲无故，只好自个儿咽下这苦果，偷偷地去做了人流……"表姐说到这里，早已泣不成声。

"哦，怪不得你这么使劲地关心我，我真的很感谢。只是……"乔说到这里，忽然话锋又一转，"今后，我一定会吸取你的教训，在对待个人问题上多一个心眼。"表姐听了乔这番话，脸上终于露出了满意的笑容。

离开表姐后，乔一个劲地在心里寻思：表姐说的那种人，能代表男人的全部吗？其实，她当时很想对表姐说的一句话是：只是湘不会是这种人。但是，表姐能相信吗？

九

乔仍然与湘来往，而且愈来愈密切。为避开表姐的眼目，乔总是不让湘过来这边，而是她主动到二十三区那边找湘。

"为什么要这样呢？"刚开始，湘被弄得一头雾水。乔便把表姐的故事讲给湘听了。湘听后对她表姐的遭遇表示同情，但又一个劲地向乔叫冤："她这样做，我不是成为另一个受害者了！"

乔莞尔一笑："你以为爱很容易是吗？也应该要考验你一下，看你到底爱我有多少。"

"我确确实实、深深切切地爱着你呀！"湘着急地分辩道。

"可是，我怎么知道你深深的爱在哪里呀？"乔调皮地问。

"在……在我心里！"湘拍拍胸膛，蛮有信心地回答。

"我看得见吗？"乔故弄玄虚。

"……"湘哑言了。是呀，乔怎么能看见自己的心呢？

十

这几天，乔没有去二十三区，她不是不想去找湘，而是时间不允许她这样做。几天来，鞋厂一直在赶一个大货单，成堆的货料像一座小山的蚂蚁一般在贪婪地蚕食着员工们的时间。晚上加班至深夜十二点，鞋厂老板仍嫌不够，又改加班时间为第二天凌晨一点。这一下，乔吃不消了，她跟许多工人一样，又累又困，好想打盹。同时，她又好想湘就在身边。湘如果在身边该多好啊，他会轻轻地为她按摩，时不时又亲吻她一下……乔顿时感到全身舒服，感到好陶醉……

"砰——"一声震天巨响，把乔从昏迷中拉回了现实，她异常惊恐地发现，厂房像发生大地震一样被激烈地晃动起来，所有的窗子玻璃像烂泥巴一样摔了下来变得粉碎，霎时，四面乌烟翻滚，强烈刺眼的电光激进四射。

"不好啦！起火啦！快冲出去！快冲出去！"有人马上清醒过来，焦急地大喊大叫。

很快，滚滚浓烟灌满厂房，同时释放出大量的二氧化碳和被烧焦的塑料制品刺鼻的呛味，一千多人的鞋厂，一下子全乱了套，乱哄哄的人们，全被挤堵在只开了一个门的出口通道上，哭声、喊声、求救声，好一个悲惨世界。混乱中，顶头上的瓷片天花板开始陆续地往下掉，不时地砸在四处逃命的员工的头上，紧接着，被击中者发出凄惨的叫声……

乔也被夹在慌乱的人群中，浓烟滚滚，她什么也看不清，刺鼻的焦味呛得她几乎要昏厥过去，但她知道，她不能倒下，一倒下就意味着永远也爬不起来。乔发现自己以一种从未有过的毅力在坚持着，突然，一块天花板正好砸了下来，重重地砸在她的头上，她顿时感到一股刺痛，眼睛里金星四射，差点倒下，但她最终挺住了。这时，有人把厂里所有的通道门都打开了，乔这才跌跌撞撞地摸到一个门边，她刚想用力冲出去，忽然她发现自己左腿上的裤子被什么东西绊住了，乔赶紧俯下身去看个究竟，谁知她模模糊糊地看见一个瘦小的女工摔倒在地上，沙哑的嗓子似乎在对她喊着什么，手紧紧地抓住她腿上的裤子不放……乔一下子明白过来了，这个女孩是在乞求救她出去。乔心颤动了，她紧紧地咬住牙根，用上吃奶的力气，才把女工扶携起来，然后用尽全力把她推向门外……就在她将要走出门槛的时候，她感到一阵昏眩，终因体力不支，一头栽了下去……迷迷糊糊中，乔好像觉得有人把她拖了出来，之后再也不知道什么了……

十一

当乔醒来的时候，湘早已守候在她的身边。乔激动得想抱住湘，可是头一阵麻痛，她不觉摸了摸包扎了绷带的头部，这才知道自己受了伤，躺在市中心医院的病床上。她想起自己昨晚经历的一场生死挣扎，心弦不由得绷紧了。湘爱怜地扶着乔躺好，轻声问："很痛，是吗？"

"嗯。"乔想哭，尤其看到湘那伤心的眼神在望着自己的时候，她真想抱住他撒娇地大哭一场。但她忍住了，她不愿湘看到她痛哭时，他则更加伤心的情景。

"没想到你真勇敢。"湘竖起大拇指夸她。

"我……"乔不好意思地眨了眨眼，忽然她记起表姐，忙问湘，"你知道我表姐的消息吗？"

"她刚才来看过你，现回厂里处理事情去了。"湘回答。

"她没受伤吧？"乔关切地问。

"她若受伤了，还能回厂吗？"湘笑着反问乔，这时一阵倦意不由得袭来，他疲惫地打了一个呵欠。

"你昨晚没睡？还有，你又是怎么知道我们厂出了事故的？"乔很不解地问湘。

"昨晚我正在值班，猛然听见一声巨响，我忙跑上楼去一看，见宝安二十二区方向火光冲天，出事的地点好像是你们厂的附近，我当时心跳得很急，担心是你们厂出事。早上交班后，我忐忑不安地跑去宝安二十二区，才知道果真是你们厂发生事故，后来又打听到你为了救人也负了伤，我就急急忙忙找到这医院来了。"湘说到这里又打了个呵欠，接着又说，"你那鞋厂的老板也太狠心了，一连几天要求员工们加班到深夜十二点，甚至凌晨一点，不出事才怪。这叫超负荷运作！俗话说物极必反，不用说人受不了，就是供输电源的电缆供输时间过长，它们产生的热量又怎么受得了？最后导致电缆线过度发热引起燃烧，造成短路，发生爆炸，听说造成死亡一人，伤及几十人哩。"

"这一下我们鞋厂的老板惨了，也活该！"乔狠狠地说。

"你们鞋厂老板确实倒霉了，这事政府部门查上来了，除要求该老板承担全部责任外，公安消防部门还要罚款，要求鞋厂吸取教训全面整顿！"湘又补充说。

"只是我的头冤了。"乔又摸了摸头部扎的绷带，伤心地说。

"别碰，别碰，刚擦了药扎上的。看着你这个样子，我真恨不得打那鞋厂老板两耳光。"湘怨恨地说完，又接连打了两个呵欠。

"你昨晚又值班，白天应该休息才行，不然身体怎么吃得消？我这边有护士在，没事的，你回去休息吧！"乔发现湘说话接连打呵欠，便催他去休息。

"没事，我没事，我要陪在你身边才放心。"湘不依乔。

"不要光顾着我，你自己也要注意身体嘛！"乔十分感动。

"没事，我身体强壮得很，下午休息一下就行了。而且我现在陪着你就是一种休息。"湘笑着说。

乔见拗不过湘，只好腾出一些地方，让湘侧躺在床头上，忽然她不无担忧地说："这一躺，不知要躺多久时间。我怎么办？还上班吗？"

"别急，别急，先把伤疗好后再说。听你表姐说，老板这回承认错了，还自我做了检讨要吸取教训，表示今后要认真遵照《中华人民共和国劳动法》，好好对待员工。"湘安慰道。

"咦，有点怪了，我表姐跟你说话了，她不反对你了？"乔忙问湘。

"嘿，她没说反对呀！相反，她还说——"湘谈到这里忽然不说了，他想逗逗乔。

"她还说什么来着？一定是你丑好卖乖，油嘴滑舌，一下子把我表姐给蒙住了？你呀，厉害！唉，她到底还说了什么呢？"乔取笑着湘。

"我不说。"湘仍要卖关子。

"你不说？看我不揍你——"乔说罢举起了小拳头。

"好，我说，我说。"见乔来真格的，湘乖乖举手投降。

"那她说什么来着？"乔紧追不放。

"她还说——"湘又故意停顿了一下，"你一有事我总是出现在你身边，这种人，她放心了。"湘说完直朝乔挤挤眉，眨眨眼，然后又做了个鬼脸。

"你……你瞎说，我不信。"乔听了心里甜滋滋的，但嘴巴仍不饶人。

"我说了信不信由你啦！"湘拖着长长的怪音道，接着又打了一个呵欠。

"唉，湘。"乔猛记起自己头部的伤，很担心地问，"我的头伤得怎样？你看到了没有？今后会对长头发有影响吗？"

"哦，我忘记告诉你了，你的伤没事，过不了几天就好了。但是医生说——"湘说到这里又不说了。

看着湘那股认真的样子，乔的心立即悬了起来，她急急地问："医生说怎么啦？"

"医生说你的伤好后，将留下后遗症的什么问题，那里头发就长不了，将变成癞子。"湘一边说，一边小心地打量着乔的表情变化。

"啊？不，不要！我不要变癞子！"乔一听立即大叫起来，差点要哭了。

"癞子又有什么不好？我仍然会爱你！"湘假惺惺地安慰着伤心的乔。

"什么，你还会爱我？我不信，你骗人！"乔仍急得大喊大叫。

"我真的会爱你！我发誓！"湘郑重地向乔举起右手。

"可是……你还能爱我有多少？"乔哭丧着脸。

"我当然会深深爱着你……"湘说到这里，猛地扑哧一笑，"何况你根本不会变癞子的！"

"啊?"乔一时反应过来了,"你坏!你坏!我差点被你骗了……呜呜……你好坏……"这一回,乔真的哭起来了。

十二

时间过得真快,转眼就到了第三天下午。乔的伤好得很快,头上的绷带已经取掉,伤愈的地方果然没什么大碍,她心情不由得好了起来。这三天来,湘为了照料好乔,从二十三区到市中心医院来来回回地跑,人瘦了一圈。晚上,他还得拖着疲倦的身子去二十三区值班。

"湘,你先回仓库休息一下吧,晚上还要值班,这样人会很辛苦啊!"乔又好心劝湘。

"我不困,我要陪着你才放心。"湘总是这么回答。

"看你这几天眼珠子都陷进去了,还不困?要不,我起来,你在我床上躺一下吧。"乔说完要起身。

"不用了,等一下我就要走。"湘阻拦乔。

两人沉默了一阵。

"唉。"乔忽然叹了口气。

"怎么了?"湘关爱地问。

"湘,我觉得好累。"乔拉着湘的手,意味深长地说。

"你想怎样?"湘有点纳闷。

"湘,我觉得好累,好想有个家。"乔说罢含情脉脉地望着湘。

"你想到了结婚?"湘心中大喜。

"嗯。"乔含羞地点点头。

"那太好了!"湘高兴得差点跳了起来。

"你也想到了?"乔紧问湘。

"嗯。"湘抑制不住兴奋地答。

"那这样，我们再干满一年，就结婚。在打工的这些日子里，我已尝到了实现自我价值的滋味。深圳这么美丽，我打算在这里结婚，好不？"乔痴痴地说。

"乔……你真好！"湘很感激地点点头，不由自主地吻了吻乔的脸，然后动身要走。

"你走啦？"乔依依不舍。

"嗯，你好好休息吧。明天我过来接你出院。"湘深情地看了乔一眼，才转身走了。

乔痴痴地望着湘离去的背影，心里一直想，能与这样爱她的男人生活一辈子，她感到很满足了。

十三

也许是这一晚太激动了，乔躺在床上怎么也睡不着。挨近天亮的时候，她竟迷迷糊糊地睡过去了。突然，乔觉得有人在使劲地推醒她，她很不情愿地睁开眼，不由得惊了一跳，她面前出现了一个穿制服的警察。

那警察见乔醒了，忙问："你叫乔乔？"

乔听了心顿时悬了起来："是呀！出了什么事啦？"

"请你到医院的抢救室去一下。"那警察说。

乔忙下了床，全身立刻涌上了一种不祥之感，心怦怦地乱跳个不停。

"是这样，你男朋友昨晚跟歹徒搏斗时受伤了，现在伤势很严重，他想见你一面。"那警察一边走，一边把情况介绍给乔听。

原来，昨天晚上临近深夜十二点的时候，五六个歹徒蓄谋好开来一台货车，偷偷地撬开了湘所在的公司那个装有铜线电缆的仓库，将大捆的电缆搬进车厢，被正值班的湘发现了，他赶忙叫跟他一块值班的那个保安先去报警，自己却操了一根钢筋冲进仓库，大声喝道："快放下电缆，都跟我到派出所去！"

听到暴喝声，那几个歹徒都吓了一大跳，但当他们看清只有一个保安时，不但未停止行动，反而更加猖獗了。他们留下两人继续装车，其余几个一齐向湘围了上来。

"哼！臭小子，竟敢管你爷的事！你走，就放你一条生路；不走，那就看看你有几个脑袋！"冲在前面的那个黑大汉，阴阳怪气地冲着湘叫道。

"少废话！盗窃犯法！你们赶快住手！"湘见歹徒们将自己围住，仍临危不惧。

"他妈的！你活得是不是不耐烦了！"那黑大汉冷不防朝湘头部一棒打来。

湘赶紧闪过，手舞钢筋回击过去，只见那黑大汉一声"哎哟"，便被击倒在地上打滚。湘刚想击向第二个歹徒，未料他头部被后面偷袭过来的歹徒击中，湘顿感金星直冒，两眼一黑，差一点倒下。湘刚转过身想回击歹徒，谁料又被另一个歹徒挥棒击中腿部，他感到一阵剧烈的疼痛，终于挺挨不住，猛然倒地。几个歹徒见湘被击倒，便扶起地上的黑大汉就想逃走。这时，湘忍住巨大的痛楚，一个纵跃，扑在黑大汉的身上，双手紧紧地钳住黑大汉的双腿不放，他想无论如何也不能让歹徒们逃走。歹徒们急了，走过去用力掰湘的双手，谁知湘的双手死死钳住那黑大汉的双腿，任凭歹徒们怎么掰也掰不开，歹徒们恼羞成怒，操起铁棒雨点般击向湘的双腿，最后湘的双腿被活生生地打断了，鲜血染红了一大块地，人痛得昏死过去，但他的双手仍然紧紧地钳住那黑大汉的双腿不放……

就在歹徒们最后要对湘下毒手的时候，接到报警的民警们及时赶来了，将所有的歹徒捉拿归案。仓库里的财物保住了，可湘的双腿恐怕保不住了，被急送进市中心医院抢救时，医生说需要马上锯掉双腿，否则血流过多，生命难保。湘刚好在这时醒过来了，他见自己躺在手术台上，知道自己伤势很重，以防万一，便向医生说做手术前，很想与他心爱的乔见上一面……

当警察带着乔急速赶到抢救室时，乔立即被那种可怕的场面惊呆了：整个手术台似乎被红红的鲜血染透了，头部已被包扎的湘，此时静静地躺在那上面。

"湘——湘——"乔疯了般地跑上前去，一把抱住湘的头部大声地恸哭起来，"湘，你不能死！你不能死啊！"

"乔……你来啦？"血肉模糊的湘见乔来了，手颤动着伸向乔。

"湘，你一定要挺住，你不能死！你不能死！"乔紧紧握住湘的手，泪水滂沱。

"乔……"湘眼睛里忽然释放出一种亮光，"你……爱不爱我？"

"爱！爱！爱！"乔满脸是泪地望着湘，使劲地点着头。

"爱……爱我……有多少？"湘那么专注地望着泪人般的乔。

"深深地爱着你全部！爱你到永远！"乔勉强挤出一点笑容，满腔赤诚地答道。

乔的回答，令湘的脸上终于漾开了那迷人的笑容，那是一种美丽幸福的笑……

湘立即被医生推进了手术室……

尾声

三个月后，人们会经常看到，有这样一对恩恩爱爱、寸步不离的年轻伴侣：一个漂亮的伊人，轻轻地推着一辆轮椅在路上慢慢地走，还不时地给坐在轮椅上的帅小伙，对着美丽的都市深圳指指点点，他们那迷人的身影，或出现在蔚蓝的海边，或出现在繁华的街道上，或出现在怡人的公园里……那一种情形，那一种韵致，那一种祥和，那一种甜蜜，仿佛是在向世人铿锵地奏响着一支永远没有休止符的爱恋之曲……

有缘再见面

一

认识张涧有些浪漫色彩。那日，洁茹在橘城幸福路一家小电器专营店买了一个手机充电器，谁知拿回家用了不到半小时便坏掉了。洁茹拿着坏充电器重返小店找老板理论，不料，老板竟来了句"货物出门，概不负责"。一气之下，洁茹便打110电话报警。

警车来了，下来的是两个年轻的巡警，洁茹理直气壮地将坏掉的充电器给他们看，请求他们伸张正义。其中一个剑眉星目、帅气得不像话的巡警拿起坏充电器，指着洁茹问老板她所说的是不是事实。刚才还神气得像只猩猩的老板这时可怜得像只老鼠，他可怜兮兮地点头招认。事情很快得到圆满的解决，洁茹退货，老板退钱并对洁茹做出口头道歉。

洁茹扬眉吐气地跟在两个巡警后面走出小店，直到他们上了车，洁茹还在向他们道谢，谢谢你们啊，人民的好警察。他们笑了，又是那个帅气的巡警，他坐在靠车门的地方，很幽默地说，人民的好警察救美于危难之中是机遇，不用谢的。

洁茹弯下腰，隔着车窗看他。他在车窗后面朝洁茹挥挥手，一脸灿烂的笑。警车消失在车流之中，洁茹怅然若失，想着那阳光般的笑脸，心竟不规则地跳动起来，洁茹渴望再遇见那张明亮的笑脸。

第二日，洁茹去逛新华书店，她朋友瑾香曾写信给她，说前一阵她看了一本优秀的诗歌理论书籍——《中西诗比较与翻译》，她强调说这是本真正做学问的人写的书，建议洁茹看看。瑾香是不轻易赞赏人的，能够让她大力推荐的书，自然要拜读拜读的。

在书店里，洁茹找着了瑾香推荐的书，兴致勃勃地又往古典文学柜区走去，远远地，看见一个穿警服的男人捧着书一动不动地站在那儿，挺入迷的样子。警察竟然也会喜欢古典文学，洁茹好奇心大发，悄悄走过去，侧脸一瞧，大吃一惊，他竟然是昨天救美的那个帅警察！

他也发现了洁茹，又朝洁茹露出一脸灿烂的笑，嘿，真巧，又遇见了你。洁茹目眩神迷地望着他，不由自主地点头，是的，真巧。洁茹相信上帝听见了她昨天的心愿。

你在买书？他问洁茹。

洁茹慌忙把手中的书递给他，是朋友推荐的，说是挺好的。

他翻翻书，说，我也有几本这方面的书，有机会我们换来看看。

好啊，一言为定。洁茹生怕他反悔，连忙伸出小手指，拉拉钩，反悔的是小狗。

他一副挺新鲜的样子，伸出小手指钩住洁茹的手，轻轻笑，说，你这个人真有趣，小孩子似的。

洁茹一下子觉得挺不好意思，飞快地缩回了手。他意识到自己的失言，对不起，他有些歉然，我不是有意的，我只是觉得你挺逗，这样好了，我请你吃饭，算我赔罪好了。

洁茹断然拒绝，我在出门之前才吃掉一大碗面条呢，我们去吃冰吧，我请你，昨天的事我还没感谢你，今天应该是我请你。

他无可奈何地朝着洁茹笑，洁茹得意地拿着书走向柜台，他追过来，那么，这本书让我送给你好不好？洁茹摇头，我不习惯男人为我付钱。

走出书店，洁茹问他，嘿，去哪儿？

他望着洁茹说，我不叫嘿，我叫张涧，你呢，你叫嘿吗？

洁茹被逗笑了，说，姓许，名洁茹，张涧先生，请问我们去哪家冰店比较好？张涧脱口而出，去情缘聚吧。洁茹知道那儿的刨冰是全城最棒的。

张涧带着洁茹上了他的车，老马识途地往橘城河西开去。张涧的车是辆黑色的丰田，洁茹真羡慕，问，张涧，你一个穷警察竟然能开进口车，是不是干了些警匪勾结的事啊！

张涧笑着摇头，怎么你脑袋里净是些稀奇古怪的歪念头呢？这车是我在日本的叔送我的。洁茹大惭，我这是以小人之心在度君子呢。

情缘聚果然是个好去处，它的装修不流于俗，仿树桩的桌椅，满屋顶绿意盎然的吊兰，低得若有若无的古筝曲，坐在里面，闻着满屋子的青草味道，心便会不由自主地静下来。

张涧很殷勤地为洁茹点了一份刨冰——情赠有缘人，很禅意的一个名字，刨冰的造型美丽得让人心动。在这样一间美丽的屋子里品尝一份夏日清凉，而且对面坐着让自己心仪的男人，不能说不是有缘人。

你信缘吗？洁茹问张涧。

信，我信，张涧说，我和你相遇就是缘。

真的吗？我们真是有缘人？洁茹问。

张涧坚定地点点头，他的坚定让洁茹心动。

从情缘聚出来，张涧习惯性地掏出车钥匙。你住哪儿，我送你。他的语气很自然。

不，不要送我。洁茹很困难地向他解释，不是说我们有缘吗？让下次的重逢来证实这一点。洁茹有些词不达意，毕竟要拒绝一个让自己心动的男人是件需要很大勇气的事。

洁茹转身就跑，不敢看张涧的眼睛，他怕那双明亮的眼睛中盛满的失望会将她的决心打倒。她要逃，她不愿重蹈覆辙，她不要再做昔日那个为爱悲伤的女孩。

日子一天又一天，水一样过去，洁茹依然像只甲壳虫一般在这座不属于她的城市中奔走。她喜欢这座美丽得像大花园的城市，更喜欢这座城市为她的劳动付出的薪水，它使她觉得自己学有所值。然而洁茹知道这座城市永远不会真正接纳她，就像昔日男友那个生根于这座城市的家庭一样，原则问题绝不留情，没有人会为她而改变这座城市的生活规则，即使是曾经山盟海誓的人。

只是，在洁茹偶尔再度从情缘聚路过时，会想起那个阳光般的、爱古典文学的小警察。

二

转眼夏季已过，九九重阳那天，有朋友邀洁茹一块儿去登山。山是城市那座美名远播实则为小土坡的岳麓山，景色并不是特别秀丽。

然而那天的天气实在是太好了，映染得满山满城的枫叶像燃烧的火，一派秋高气爽的宜人景致，使得人的心情灿烂得如这一片透明的晴空。

朋友们都席地而坐，说说笑笑分外热闹，洁茹也在那堆人中放声歌唱，一首接一首，毫不顾忌身旁来往游人的目光。这样的美景，这样的心情，怎能让洁茹不为此倾情而唱？

是你吗，洁茹？有人在身后轻轻问。

洁茹应声回头，映入眼帘的分明是那张两个月来魂牵梦萦的脸——是张涧。

是你，真的是你。张涧激动地蹲下身，伸出手轻轻触摸洁茹的脸，还记得上次你说的话吗？你说有缘会再见面，有缘会再见到你，我一直在等你，我终于等到了你。他满足地喃喃低语。

洁茹的泪夺眶而出，有这样一份情，我再入一次地狱又何妨？

洁茹从地上一跃而起，拖起张涧就跑，把朋友们的呼喊当成耳边风。

下山后，他们来到山脚一处农家开的酒楼，菜是乡间几个家常小菜，酒是酒家自酿的葡萄酒，香香醇醇，温和得使人不疑为酒。干杯，为重逢干杯。洁茹快乐地向张涧频频敬酒。张涧含笑，饮得极少，却总是拿一双漂亮得不像话的黑眼睛凝视洁茹。

你的眼睛飞起来了。洁茹笑指张涧，戏谑他。他却听而不闻，一味望她，深情款款的那种样子。

不要看我了好不好，你说话吧。洁茹被他那傻样打败了，放下酒杯，学他那样子鼓着眼睛回瞪他。

他这才回过神来，不好意思地笑笑，一张嘴，却又立马冒出一句傻不可言的话来，你做我女朋友好不好？

洁茹毫不犹豫地摇头，不好。

张涧充满希望的脸像个被戳破的气球，瞬间变得失望泄气。他低下头，一言不发。

洁茹不忍心了，戳戳他放在桌上的手，说，你都没有追我，我怎么可以当你女朋友？

张涧一拍头，恍然大悟。洁茹抿嘴而笑，嘀，笨警察终于开窍了。

张涧真是个说到做到的人，登山回来之后，他俨然以护花使者的身份自居。由于他工作性质的原因，他们并不是天天都能在一起，有时候甚至好几天都不能见面，但他的关心无处不在。他会在每日临近中午的时候打一个电话或发一条手机短信给洁茹，提醒她记得去吃饭，因洁茹常常会在工作比较忙的时候遗忘中午那一餐，他会在出勤任务回来后给洁茹买一大束鲜花插在洁茹的小屋里熏香整个房间，还会买一大堆菜回来，做个快乐的煮夫，为洁茹做一大桌美味佳肴。

洁茹常常会笑他身穿警服、腰系围裙的样子，说他是在毁坏人民警察的高大形象。他却不以为意，敲敲锅，挥舞着菜刀对洁茹念诗念词：今夕复何夕，共此灯烛光。这个快乐的小警察！

幸福的时间总是过得飞快，好像一眨眼之间，半年的时光已弹指而过。洁茹清楚地知道自己对张涧的依恋越来越深，张涧显然也深深爱着洁茹。他常会摊开手掌给洁茹看他的掌纹线，哎，你看，我的爱情线是一路笔直下来的，没有分岔，这说明啊，我一辈子都是你的了。他总是这样对洁茹说，一副理所当然要洁茹负责到底的样子。

洁茹大笑，笑而不答。洁茹从不敢想她和张涧会有将来。两年前初来这个城市的那场恋爱已经告诉洁茹，她这样一个打工者，在这座贵族化的城市中想象爱情的结局那只能是妄想。更何况，张涧的家族在这个城市中权倾一方，岂是洁茹能登堂入室的？所以，洁茹在张涧要求她跟他回家的时候从不应允，缘由在此啊。

但洁茹依然爱张涧，她愿意在命运让他离开之前给他全心全意的爱，她愿意抓住上帝给她的每一份快乐的时光。

三

一日，洁茹正在自己的办公室忙得焦头烂额之际，老板打电话过来说要与她谈谈关于公司一个新项目的事。洁茹急匆匆地赶过去与老板好一阵畅谈，结果被老板赏识委以重任。回来的路上，可能是因为太得意而致忘形吧，洁茹竟在走出电梯时摔倒在地，形象大损不说，更倒霉的是扭伤了一只脚，洁茹很荣幸地被公司的两位重量级大哥送到医院。

看完伤，拿好药出来，已临近下午一点。站在医院门口，洁茹万分感激地目送两位胖大哥打的士回公司后，正准备自己也叫辆的士回家，这时，一辆黑色的丰田车急速开过去，停在了医院左侧停车场。洁茹仔细一瞧，却是张涧的车。

张涧不是在家休息吗，怎么会到医院来？正暗自疑惑，张涧从车内出来了。他从里面扶出一位手捧小腹的女郎，女郎眉头紧皱，双眼噙泪，纵是哭亦绝美。

张涧半拖半抱着女郎往医院里面走，一路用这个城市的方言与女郎交谈，状极亲昵。他的注意力显然全放在这个女郎身上，竟然没发现站在对面的洁茹。

好一个风流多情的小警察！洁茹冷冷笑着唤住他，嘿，张涧。张涧闻声而驻足，大惊失色，洁茹，你怎么会在医院？

洁茹笑笑，一手提高药袋一手指腿自嘲：人笨，连走路都会摔到腿。

张涧正欲开口，那女郎却轻轻嘤咛一声，张涧望望她，对洁茹说，你在这儿别动，等我陪小翠儿看完病，再来送你回家。说罢，径自离去。

洁茹望着那一对亲密的背影，心痛万分，张涧把她想象得真大方，在这种情况下，竟然要她等他陪到那女人看完病后送她回家。一句多么不让人感动的话！

气极而泣的洁茹独自打的回家。洁茹知道，她和张涧总有一天会分手，分手的原因洁茹设想了很多次，一直以为会是来自他家庭的阻力，却不曾料想会是这样一个背叛的结局出现！

手机铃声震耳欲聋地响了又响，固执得像个不歇气的斗士，洁茹缩在床角，一动不动，任泪飞落，却不去接一个劲叫的手机，早知会有这么一天，却还是忍不住伤心。

就这样借着脚扭伤，洁茹把自己关在房中几天，对张涧避而不见，事已至此，何必又再触景伤情。

休完假后，洁茹重新回到公司上班，把全部身心投入工作之中，洁茹要让自己没有时间、没有精力回想这段感情。

一天很快过去，又到了下班的时候，同事们都陆续离去，偌大一层办公楼里，只听见洁茹敲击键盘的嗒嗒声。夕阳就在这连续不断的嗒嗒声中慢慢隐去，黑夜水一般涌上来。洁茹起身，欲去开灯，这才发现，不知何时，张涧已经坐在对面的桌前。

你来干什么，来看我的伤心吗？洁茹问他。

张涧满脸微笑，你是在吃醋吗？他饶有兴致地问。

洁茹怒视其可憎的脸，气不打一处来，没见过这样的无耻之徒，风流成性却还引以为荣。

张涧不理洁茹的憎恶，继续饶舌地往下说，你不觉得和未来的小姑子吃醋是件浪费精力的事吗？

未来的小姑子？洁茹一时没反应过来，一脸呆滞的表情望着他。

张涧很耐心地解释，她就是我的妹妹。

你的妹妹？洁茹大窘，面颊飞红，尤自强辩，你没有告诉我那是你妹妹。

你不给我机会说，张洞控诉洁茹，你根本不见我。

洁茹心愧而羞，无以对答。

所以，我要罚你！张洞理直气壮地拉起洁茹的手，变魔术一般从口袋里掏出一枚戒指往她手上套，我要罚你一辈子都不准离开我！

一切完美得像场梦，只有戒指上那颗剔透的钻石在灯下光芒四射，那样真实而又美丽非凡！

是真的吗？我的爱情不再流浪？洁茹喃喃自问，一直以为上帝不会垂青于自己，却不曾料想她会是上帝的宠儿。

张洞满怀柔情地捧住洁茹的脸，他总是爱这样捧着她的脸。是真的，洁茹，张洞说，我要做你一辈子的煮夫，你愿意吗？

愿意，洁茹愿意一辈子吃你煮的菜。她含笑带泪回答。得夫若此，她复何求？

张洞拖着洁茹的手往外走，他心疼她夜已至而人未食。在他的车里，有他早已采购好的食物，他要为洁茹回家煮一锅好吃的菜。然而，这个时候，张洞的手机却不合时宜地响了，是110指挥中心打来的，说广场影剧院门前突发歹徒抢劫事件，在围捕中与警力对峙，让休假的张洞迅速返队赶往案发地点。

你去吧，洁茹体谅地对张洞说，我在家等你。

张洞动作迅速地把一大袋子食物提下车，塞给洁茹。回家等我，最多两小时我就回来了。他以迅雷不及掩耳之势亲了洁茹一下，钻进车里，疾驰而去。

四

洁茹拎着袋子搭车回家，整个心脏每一寸柔软的地方都被巨大的幸福感充盈着，洁茹想不出这个世界上还有什么人会比她此刻的感觉更好。

回到家，换掉工作服，洁茹在厨房里磕磕碰碰为张涧做着烹饪前的一切准备。洁茹是不擅长此道且厌恶此道的，然而此时，洁茹从中感受到的却是非凡的愉快，是谁说过爱会让每一件枯燥乏味的事情变得赏心悦目？

时间"嘀嘀嗒嗒"，一分一秒过去，张涧还没有回来，洁茹在等待中开始为自己上妆，今夜，她要为张涧而美丽。

门铃终于被摁响，急促而持续。洁茹一跃而起，飞奔至门前，张涧，是你回来了吗？洁茹打开门，笑若春花。

门外站着穿警服的人，然而不是张涧。你是洁茹吗？他问。

洁茹的笑僵在脸上，是的，我是洁茹，有事吗？洁茹问，有一丝不祥在她心底扩散。

张涧因挺身力捕抢劫犯时被歹徒严重刺伤，生命垂危，现在医院急救，他要见你。来人的话简洁明了，对洁茹来说却是晴天霹雳。

一路思绪纷乱地来到医院，却发现张涧早已静静地躺在白床单下，张涧永远不会再睁开他那双明亮眼睛痴情地看她，他永远地离开了这个世界。

张涧！洁茹未语泪先流，她已无法自持，指上戒指还在闪烁流光溢彩的光芒，而为洁茹戴戒指的人啊，却已在黄泉路上。

张涧！洁茹的泪汹涌地流下来，你不是说好要当我一辈子的煮夫吗？你不是说一辈子都不离开洁茹的吗？你怎么可以先走，你怎么可以不守承诺？

张涧，你起来，你起来看看洁茹为你化的妆啊，起来看看洁茹为你准备的美丽。她疯狂地摇晃张涧的肩膀。上天啊，既然故事的结局注定悲剧，你又何苦给洁茹美丽？

　　有人将洁茹强行拉离张涧身边，将镇静剂强行注入洁茹体内——她是如此失魂落魄，又怎么可以让张涧安心上路？等到洁茹的情绪再不能自控时，张涧的身躯已化成一堆灰烬，长眠于墓园。

　　长跪于墓前，一遍又一遍抚摸墓碑上张涧依旧灿烂的笑脸，洁茹在心底轻轻对他说，张涧，洁茹不会失信于你，她会永远留在这个城市守候你……

爱我故乡

　　早些年在南方大都市商海里摸爬滚打的宋昱发了，不仅拥有一家数十亿元资产的企业，还拥有数台豪华私家车。然而，宋昱这几年里思乡感也变得心切起来。他每每想起养他育他的干窑镇，每每想起他在那美丽的新泾港河边和那历史悠久的旧城区度过的快乐童年，常常让他夜里失眠。他记得孩提时，在与伙伴们玩"过家家"时，似乎对一块块京砖怀着特殊的感情，总是喜欢抱着一块块青色京砖，学着大人们一样铺砖围墙，兴致盎然。自小在他心里，灿烂的瓦当文化，就是他心中的骄傲与自豪。

　　干窑，史称"千窑之镇"，尤其是一方名产京砖，曾在全国叫得最响亮。宋昱常听老一辈说，京砖一般为皇宫、寺庙或民间厅堂铺地之物，代表着一种吉祥和富足。沿至今日，凡修葺古典园林建筑，仍非此莫属。曾在明代，干窑境内江泾村生产的"明富""定超"字号京砖已颇具盛名，至清朝、民国时期，干窑窑业尤其鼎盛。如现在上海豫园的"京砖之王"，就是干窑窑匠制作的新品。这些历史掌故的点点滴滴，都是当年健在的爷爷与父亲讲给他听的。后来他爷爷奶奶与父母亲相继去世后，他也因自己的事业不断拓展日益繁忙，于是很少再回干窑。干窑，从此成了宋昱一个魂牵梦绕的地方。而那一块块京砖，更是成了他的一个个美丽的乡愁。

这一天，从故乡来南方出差的嘉善县俞副县长在一个交易会上碰上了他，跟他谈到了干窑镇的巨大变化，也谈到了干窑与沿海发达地区尚存在的一些差距，同时，也鼓励他回故乡投资，支持故乡的发展。这一夜，宋昱彻夜未眠，他终于做出决定：他要回干窑去投资发展，他要用实业报效生他养他的桑梓之地！

宋昱热血沸腾。这一年的冬天，他斥资十亿元用于投资开发"千窑之镇"旧城景区，特别是要在旧城区内修建全国第一个"瓦当文化博物馆"，将收集展出京砖、海幔、夹铺头、顶龙、人九方、大反水、大印进、花边滴水、头统勾、头通鸡等著名瓦当品种三百多种，全力打造一个青少年爱国主义教育的阵地。在那个故土情结深处，他希望在自己的有生之年，为灿烂的京砖瓦当文化发扬光大尽绵薄之力。

签约仪式上，嘉善县县委书记、县长和俞副县长都来了，都来向宋昱敬酒，感谢他拥有一颗拳拳赤子之心。

宋昱倾力打造"千窑之镇"旧城景区蓝图里，还将旧城景区纵深开发二十余里。同时，为安全起见，在未竣工之前，旧城区全部进行封闭式开发。工程的进展十分顺利，不到三个月，"千窑之镇"旧城景区开发已具雏形。宋昱看在眼里，喜在心上。

没想到有一天，正在旧城区内检查工程质量的宋昱接到紧急报告，称旧城区内刚刚落成的瓦当文化博物馆门口有人在闹事，而且闹得很凶。宋昱火速赶到瓦当文化博物馆门口，才知道是几个有点来头的人喝多了酒，趁着酒兴嚷着非要进瓦当文化博物馆看看，工程人员坚持原则不许，对方就变得激动起来。

"搞什么狗屁开发？这个旧城区本来就是干窑人民的，瓦当文化博物馆也不是哪一个人的！凭什么不能进去看看？"一个大腹汉子将拦住不让进的工程人员一推，就要闯入里面去。

"请慢！"宋昱见了，赶紧上前一步，同时从身上拿出与嘉善县政府及干窑镇政府签订的合约书，朝那大腹汉子眼前一亮，心平气和地说，"这是县政府和干窑镇政府跟我公司签订的开发干窑旧城景区的协议书，瓦当文化博物馆才刚刚竣工，为保证整个旧城区开发工程安全施工和顺利竣工，我们有权力这样做。"

"你有什么权力？还不是有几个臭钱！告诉你，老子是管电的，明天就停你的电，看你还逞什么能！"大腹汉子叫嚣道。

"对啊，不准进去就马上停他的电！"后面的几个人也跟着起哄。

"老兄老弟们，现在进瓦当文化博物馆去确实很不安全，如果出了安全事故我可负不起责任啊！"宋昱仍好言相劝。

"他娘的，甭管你怎么啰唆，不准进去我们也要进去！"大腹汉子满嘴喷着酒气，又要上前想推开工程人员。

"冲进去！"后面几个人也霸道地煽风点火。

眼看拦在瓦当文化博物馆门口的工程人员阻拦不住了，宋昱此时的心呀，急得快要跳到嗓门口来了。不行！施工场地决不能随便放闲人进去，更何况是险象万千的旧城改造施工场地！这个责任，谁也负不起！想到这里，宋昱大喝一声："站住！今天我就是得罪了你们，也决不允许任何一个人违反安全制度进去！"说完，宋昱瞪着血红的眼睛，像一头发怒的公牛般拦在大腹汉子的前面。

"你……你，好，好，算你有种！那你就等着瞧吧！"为首的大腹汉子被宋昱那股倔劲的气势给镇住了，他边退边狠狠地说，"别以为你有几个臭钱，就了不起，你有县里领导撑腰，我还有在市里、省里当领导的亲戚朋友呢！"说完，带着那几个人怏怏走了。

当天夜里，宋昱与工程人员正在工地上用晚餐的时候，忽然，整个干窑旧城开发区变得一团漆黑。宋昱知道，他得罪的人实施报复了。

宋昱不觉一种愤懑涌上心头，他忽然想起在南方都市，这事儿是绝不可能发生的。对，这事应向嘉善县书记、县长报告一下。他赶紧拨通县长的电话，不巧得很，书记和县长二人正在省里开会，需三天后才回。他又拨通俞副县长的电话，俞副县长听了很是气愤，同时在电话里安慰他莫急，他马上去供电部门做协调工作。宋昱这时才稍微松了口气。

谁知，时间一等就一整天过去了，工地上并没有恢复输电。就在宋昱坐立不安的时候，俞副县长打来电话，告诉他是供电部门线路出了故障，他们正在检查故障。宋昱听了沉默不语。

可是，第二天、第三天过去了，仍然没有来电。

宋昱这时才感到问题的严重性。他想，俞副县长毕竟只是地方官员，而电力部门属于省、市直管的，他也知道，尽管俞副县长此时还在为他的事情心急如焚地在协调、敦促供电部门尽快恢复输电，但是，供电部门所谓的"线路故障"就那么简单吗？而且就这么凑巧吗？

宋昱突然想起大腹汉子说过的一句话"你有县里领导撑腰，我还有在市里、省里当领导的亲戚朋友呢"。其实，"线路故障"不过是应付俞副县长一个托词而已。宋昱突然后悔不该得罪那伙人。也许，今后还有更多的麻烦事在等着呢！这，怎么办？宋昱后悔自己不该冒冒失失投资这么大，来搞这个干窑旧城区开发项目。当初，他的夫人、女儿曾经反对过他，都说回干窑镇投资说不定会亏本呢！当时他还说她们多心了。如今不是正应了她们的话吗？整整三夜，宋昱就是在这种焦虑中熬过的。

第四天来了，工地上仍然是老样子，一片沉寂。宋昱再也忍不住了，他知道心中的那种忧心终于要变为现实了：撤资、走人……

宋昱无奈地开始整理行当，他估算了一下，他现在走还算没有完全失败，还可以揣着一部分资金返回南方都市去……

当宋昱收拾好重要的行当，准备走进他那豪华的奔驰车之际，他情不自禁地回过头来，深情地望了一眼那半途而废的干窑旧城区开发工地，此时他的眼神里注满了失望。

宋昱提着包，沉重地迈动双腿，一步一步地走近了他的车子，就在他拉开车门的一霎，他背后突然响起了一个急切的声音："宋昱先生，请留步！"

宋昱忙转身一看，是飞快赶来跑得气喘吁吁的嘉善县的领导们。

"对不起，我们来晚了……"县委书记满脸歉意。原来，书记和县长二人从省城开会回来后，一接到俞副县长的紧急汇报，当即马不停蹄地赶去供电部门，找到了主管领导大腹汉子。经过县委书记、县长们一番大道理的说教工作，仅泄一时私怨而停电的大腹汉子，终于意识到了自己所犯的错误，觉得自己差点成了干窑镇人民的罪人。于是，大腹汉子真诚地接受了书记和县长的批评意见，并主动提出跟着一块赶过来，要向宋昱先生赔礼道歉。

"宋昱先生，我……我们不应该凭一私之利如此对待你，没想到给您造成了一些损失和带来了不良影响，我们深表歉意，请您接受我们的诚挚道歉！请您不要嫉恨故乡干窑，要恨就恨我吧！现在，干窑人民请您留下！"大腹汉子上前诚恳地向宋昱鞠了一躬。

"这，没……没什么，我……"宋昱紧握着嘉善县领导们的手，心情万分激动，眼内顿时热泪翻滚，话语一下子变得结巴起来。

忽然，宋昱的一双手朝大腹汉子伸了过去，满腔赤诚地说："我不会恨你，更不会恨干窑，因为我是干窑人民的儿子！因为我的生命里深深地爱着千窑之镇——干窑！"

宋昱的话音刚落，当场响起了一阵热烈的掌声，久久未息……

阴司鬼

在荆楚一带，流传有一句"阴司鬼"的口语，其意是指表面奉承却在背后作祟的那种人。

弧形村四面有山，地处楚南险峻丛林地带，民国时期常有土匪出没。弧形村不大，住着百来户人家。村里穷人多，土匪劫夺的是钱财，对油水不多的弧形村自然光顾得少，村里人暗自庆幸。"没想到穷也有穷的好处。"村里人见面寒暄几句，常常相互如此安慰道。

弧形村有个卖爆米花的小商贩叫钟连城，经常穿过险峻丛林去外面做贩卖爆米花的小生意。钟连城生得敦实，挑起一副担什，走起路来，那两条瘦长腿儿溜得飞快，村里人明明看见他挑着担什出了村子，却一眨眼工夫，人不见了。

钟连城不仅腿勤，还伶牙俐齿，逢人说话，只几句凑趣，逗笑取乐，使人欣然，因而他的生意不赖。

钟连城自己不会炒爆米花，大概半个月跑去距弧形村十里外的县城进货一次，而且出村贩卖爆米花，往往两三天后才半夜归来。若遇到土匪怎么办？村里人无不为他担心。"你经常是半夜里回家，怎么不怕土匪打劫？"总有村里人关心地问他。"没事，没事，黑夜里土匪眼睛不好使，不得出来的。"钟连城回答时眯眼笑语。人们都知道他腿快，也觉得他说得有理。

弧形村有个富农叫夏昇，平日里勤俭持家，渐渐积余了些财富。夏昇话语很少，但人忠诚老实，也很仗义，邻里哪家有困难，他都会慷慨解囊救济。弧形村除了夏昇属于富户外，排老二的当属夏昇的邻居钟连城。

一天夜里，一伙土匪突然光顾了弧形村。土匪仿佛是冲着夏昇家去的，劫去了夏昇家的不少光洋银币。幸好，土匪似乎并不知情钟连城家境也不错。土匪刚走，钟连城恰好挑着一副担什回来了，他一听邻居夏昇家遭了土匪的抢劫，当即丢下担什，手脚麻利地操起一根扁担，愤激万分地要去追击土匪，幸亏被夏昇的家人死死扯住。

钟连城这个义愤顾邻的举动，村里人都看见了。有的人称赞，也有人开始乜斜他了。此后，弧形村一片沉寂，不再遇有土匪。不过，钟连城的家境自此开始变得殷实起来了。可是，钟连城一家不懂得勤俭持家，反而愈加挥霍无度。夏昇一家呢，并不因遭遇厄运衰落下去，而是保持勤劳节俭不变，不久经济上恢复了元气，还又成了弧形村的首富。

不久，抗日战争爆发。这一年，日寇相继侵占了湖北、湖南两省省城后，还将侵略掠夺的爪牙伸向了城镇村庄。地势险要的弧形村也不例外，鬼子计划要从弧形村经过夺取县城。

一听鬼子要从村里过去，弧形村里顿时惊慌得成了一锅粥。这时，夏昇站了出来，提出由他出资组成护村敢死队。护村敢死队由四五十名中青壮年人组成，负责抵御日寇，保护全村的生命财产安全。钟连城这几天在外忙于做卖爆米花生意，没有回来。

正当夏昇带着护村敢死队在热火朝天地进行拼杀训练的时候，钟连城从外面回来了。夏昇问钟连城："你可以出来帮带一下这支队伍杀敌不？""不不，还是你来带队吧！我熟悉外面的地形概貌，掌握外面的情况，可以做你们的通信员。"钟连城连连摆手，眼光里露出了不易察觉的胆怯。

钟连城走后，有人悄悄地把夏昇喊到一边，告诉他埋藏在心里的一件事，提醒他要防备钟连城。原来，上次土匪抢劫夏昇家的晚上，这个村民刚好外出走亲戚了，因他在亲戚家多喝了点酒，归来时已很晚了，当他拏着胆子走进那片丛林时，看到了钟连城正在跟土匪密语比画着什么。他吓坏了，远远地躲在后面，看着钟连城带着土匪走近了夏昇家，随后钟连城很快闪进了阴暗处……

夏昇知晓了这个秘密后，先是紧紧地握起了拳头。但很快，他手又舒展开了。抵御外敌当前，他知道不能心存半点私念。弧形村需要团结，得一致对外抗敌。

鬼子马蹄疾，第二天就要侵袭弧形村！钟连城最先获得了这个信息，他首先想到的是紧急召集家人收拾钱财细软，连夜奔逃。

鬼子不是土匪。钟连城黑夜里带着一家子刚要溜出那片密密丛林时，谁知正碰上了夜袭赶来的鬼子。在狡猾凶狠的鬼子面前，钟连城差点吓破了胆，慌乱中他低着头哈着腰，笑脸逢迎，拿出全部家当和一些好吃的献媚捧给太君。未料鬼子收了后，一番叽里呱啦，翻译过来说只准许其家人离开，须留下钟连城前头带路。原来鬼子要趁夜开进弧形村洗劫，早点休整后再奔袭县城。

钟连城惊悸之余，冷汗直流，战战栗栗地走在前面。此时他圆溜溜的眼睛转得很快，突然，钟连城靠近翻译面前谄媚了一通，谎称弧形村夏昇家藏有一个价值千金的黄金脑壳，他意欲趁鬼子们在洗劫夏昇家的混乱中，伺机独自逃命而去。太君果然信了，命令部队首先开进弧形村夏昇家去掠夺黄金脑壳。

鬼子们趁着夜色偷偷靠近了夏昇家院门，警觉的夏昇此时猛然惊醒，他急中生智从后门奔出，随即紧急敲响铜锣发出警报。一时全村轰然惊动，护村敢死队员迅速操起兵器集合，英勇地杀向鬼子。领头的太君一见瞬间露馅，失去了突然袭击的战机，不由得勃然大怒，可怜钟连城还未来得及逃跑，已被身边防守的太君举起战刀劈作两半。

在一片喊杀冲天的混战中，鬼子丢下了十余名尸体仓皇逃去。弧形村保住了。村里人在打扫战场的时候，发现了龇牙咧嘴痛苦死去的钟连城。人们似乎明白了什么。

"阴司鬼！"好几个人走上前去，朝着地上的钟连城尸体狠狠地啐了几口痰液。

阴司鬼，在人世间诓诈、诳人或许还行，但碰上鬼子可没有那么好的运气。

最后一个心愿

　　老泉是从水利部门退休下来的老党员，今年八十五岁，党龄已达四十多年了。因老伴是农村户口，加上她身体不好，泉便带着老伴回到了乡下老家——协由村居住。自然，他的党组织关系也随之转到了该村党支部。

　　协由村是都梁县桥湾镇的一个穷乡僻壤之地，正因为这地方穷，县人民银行、农业局、扶贫办等单位先后在该村扶过贫，每年要多多少少拿给村里数万元。尽管县里没少给该村撒过银子，但协由村没有一点变化，仍是老样子。人们甚至怀疑上面拨给村委会的人民币是不是假钞，要不，这些扶贫银子丢到哪里去了，怎连泡泡儿都没起一个？

　　协由村支部书记刘易孙五十出头，已"干"过三届村干部了，但"干"来"干"去，"干"得村里没有一条好路走，没有一家经济实体，没有一个好名声。这样一个"干"书记，几届过后，仍然"干"得很稳当，倒是他私人存折上的数目，像股票牛市一样一个劲地往上涨。有人还看见他老婆冒领村里贫困户的补贴金，村民意见大，但奇怪的是桥湾镇政府没未过问过此事。

　　老党员老泉刚回到村子一阵，对村支书刘易孙不很了解，也不太在意。直到这年的秋天，刘易孙跑到他家再次伸手收取本年度党费时，他才警觉起来。对于党费，老泉不管在哪里每年都是第一个主动交纳党费的党员，他给自己定了规定，党费都是每年开春一次性年交，不多不少，每年七八百元。回到村里居住后，他的党费还是从给老伴治病的经费里拿出来的。也许冲着老泉年纪大了，记忆力差了，村支书刘易孙就想伸手向他收两次年度党费。

刘易孙向村里的党员收党费很怪，从不打收据，也不在党费证里画押，每次都是冲着对方说："没事，没事，我马上就会将你的党费上交给桥湾镇党委，你尽管放心。"但是，所收党费是否真的上交给镇党委，村里人均不得而知。总之，老泉从没看到刘易孙在会上公布过村支部党费的收缴情况。

刘易孙生得一副尖嘴猴腮相，干事能力没有一点，但他能吹大牛皮，会说虚假话。开始，村民以为他不是太坏，但直到有一天，跟他同住一个村组名叫刘谋秋的老寡汉家里不慎失火，烧了两间瓦房，通过发生了这一桩事后，人们才知道他说的话都是假话。家里遭了火灾，刘谋秋便请求村支书刘易孙帮忙向民政部门申请领点救济金。刘易孙应允下来，没过几天，他真去民政部门批了一千元救济金，但他自己留下八百元，对受灾户刘谋秋却说只领到两百元，走时嘴上还说请不请喝酒由你啦。刘谋秋接过两百元钱先是很感激，回答说这酒一定得请喝。可是到了第二天，刘谋秋对刘易孙的一份感激立刻变成无比愤怒！原来，刘易孙当天晚上在一村民家喝酒时喝过头，吹嘘自己如何了得，说昨天给受灾户刘谋秋帮忙申领了一千元救济金。这话传到了刘谋秋耳里后，他马上找到刘易孙算账，刘易孙矢口否认，两人发生争执，在田垄里打了一架。事后，刘谋秋看到刘易孙就骂，骂他吃了救济金"绝子绝孙"。

老泉知道这事后，他开始更多地去了解刘易孙这个人。谁知，让老泉大吃一惊的是，刘易孙引起民愤的斑斑劣迹还有更多。村集体原先有一片百余亩的杉树林，刘易孙却避开村委会和广大群众，私自做了主，将这片林子卖给木材贩子砍伐了，数万元全落进了他个人腰包；这些年头，村里偷生二胎、三胎的现象成风，刘易孙不但不去管，反而乐得成天哼着小曲跑了偷生户这家又跑那家，私自收了偷生户三五千元超生罚款后，拍着胸脯又说"放心，放心，包你们没事"；村里账务，像无人管一样，乱糟糟的，而且全是刘易孙一手开支，村里十年八年没公开过一次村务财务，如有人要提出村务公开，刘易孙会大骂你多管闲事，接着会给你小鞋穿。时间长了，村里人懒得去管村里的"闲事"。

经过一两年的观察了解，老党员老泉最后终于认清了刘易孙是一个人人痛恨的腐败"苍蝇"。老泉也感到奇怪，这样一个人人痛恨的村干部，为何还能接连干几届下去呢？老泉很快弄明白了，原来村里年轻人大都外出打工去了，留守的多是老人与孩童，村里"两委"换届选举全是形式，刘易孙趁机钻了个大空子。其中他使用最厉害的一招是，大肆用小恩小惠拉拢各村民小组组长贿选，并拍着胸脯许愿说谁给他拉的选票多，谁就入党快，红包大。这些小组长，多是眼低眉浅的，得了几个小钱，无不点头哈腰给刘易孙拉选票，有的组长甚至一不做二不休，全组的村民选票干脆由他一人包填了。如此阵仗，谁阻挡得了？

这些，老党员老泉看在眼里，急在心里。愤慨之余，他以"一个忠诚的党员"身份给组织写信举报刘易孙。举报信到了桥湾镇党委，镇党委一把手想过问一下此事，便把驻协由村的镇干部叫来，哪知驻村镇干部早已被刘易孙腐化了，他接过举报信一看，连说："假的，假的。"镇党委一把手还有点不信，想去协由村亲自看看，驻村镇干部赶紧上前小声耳语了一阵，党委一把手听了便不再追究此事了。不久，老泉的举报信又到了都梁县纪委，纪委的同志研究了一下，觉得应该查查，谁知还没查出个子丑寅卯来，就接到了县委某常委的干预电话，后来此事不了了之。老泉的举报信还去了省纪委那里，省纪委便在举报信上做了批示，要求下面严肃查处。但省纪委的批示件到了都梁县后，又不了了之。老泉的举报信不仅未能揪出大腐败分子刘易孙，反而招来大腐败分子对他的一顿恶骂和报复。让他最气不过的是，刘易孙还在党员会上公开骂了他的娘。刘易孙如此嚣张的气焰，让老泉又恼又急，他又去查了其嚣张原因。

原来，刘易孙这样放肆鱼肉百姓、淫贪成嗜、不可一世，原来有一个姐夫一直在帮他撑腰。他姐夫在都梁县委某部门当主任，又仗着他的妻子——也就是刘易孙的胞姐跟县委某常委的夫人是同班同学。此等关系，谁奈何得了刘易孙？

到了年冬，老泉终于病倒了，而且病得十分严重。家人要把老泉送去县医院，可老泉要求去省城医院，家人只好依照他的意思送去省城医院。检查结果出来了，家人们一看，傻眼了，肝癌晚期。医生已明告，赶紧料理老泉的后事吧。但老泉似乎并不知晓病情，到了省城医院后，他心情好多了，有时还用笔写些什么。

这一天早上，整个医院都找不到老泉，这把医生们都吓坏了。有人眼尖，说老泉坐在医院最高楼的屋顶上呢，大家忙跑出来一看，果然见到老泉在寒风里坐在医院屋顶边栏上，手里头还拿着什么东西。医生们赶紧喊："老泉，老泉，赶快下来，上面很危险！"见有人要跳楼，很快，地面围观的人们围了一层又一层，连新闻记者都闻讯赶来了。可是不管人们怎么喊，老泉就是不下来。医院没办法，只得打110报警。110接警很快到了，两个民警好不容易爬上医院最高楼顶部，要接老泉下去。老泉见了，一边将身子挪向边缘地带，一边粗声粗气说："别过来，你们别过来，你们再过来，我就从这里跳下去。""老大爷，你老糊涂了？有什么事想不开非要这样做呢？"民警很不解。"你们帮我报告一下省委书记，说我要见他，我有要事要跟他说。如果你们不帮我去报告省委书记，我只好跳下去了。"老泉说完做着要跳楼的样子。"别，别，老人家，有什么大事非要见省委书记？跟我们说不是一样吗？"民警想做老泉的思想工作。"跟你们说没用的，别浪费时间了，快报告省委书记吧。如果你们不帮我这个忙，你们就到楼下去捡我的尸体吧。"老泉说话间不时地捂住胸口，在这冰冷天气里脸色乌青，但语气里没有丝毫商量的余地。人们知道，作为病人，在寒冬里是经不住几番折腾的。

人命关天，医院领导只得将这个特殊情况报告给省委办公厅，办公厅的同志考虑了一下，还是将此事报告了正在开会的省委书记。省委书记听了事情的原委后，立即把会务做了下安排，然后驱车来到了省人民医院。当省委书记爬上顶楼时，冷风中的老泉早已老泪双行，人僵冻得奄奄一息了，他手颤颤地递给省委书记一个信封后，很快安然地闭上了眼睛……省委书记拆开信件，里面除了老泉写给他关于揭发协由村支书刘易孙所有的腐败事实外，还有老泉留下的最后一次交给党组织的八百元党费。看完检举信后，省委书记大为震怒，当即批示省纪委成立刘易孙腐败问题调查专案小组，不久，刘易孙这只腐败"苍蝇"终于被拍打下来了，成了阶下囚。紧接着，"小苍蝇"刘易孙背后的"保护伞"也一个个被挖了出来，受到了省纪委严肃查处。广大群众闻讯，无不额手相庆。直到这时，人们才弄明白了老泉临去的那片苦衷。

原来，老泉深知自己身体快不行了，但他又觉得刘易孙这只"苍蝇"一日不拍下来，即使他去了阴间也一日不安。他想到今后村里面的村民，又还有谁敢去拍打刘易孙这只"苍蝇"以及背后的"保护伞"？情急之下，他被迫想出了这个铲贪除奸的法子。在全国上下齐声痛打"老虎"的同时，也绝不放过一只怨声载道的恶臭"苍蝇"，是老党员老泉的最后一个心愿。

最美遇见

地处湖南炎陵（原称酃县）的鹿原坡，是中华民族始祖炎帝神农氏的安寝陵地。千百年来，这里一直是全国各地各族人民以及海内外华侨华人的精神家园，深深牵扯着无数中华民族的子孙不远千里甚至漂洋过海前去谒陵祭祖，寻根探源。

就在今年仲春清明节期间，作家刘渌偕同文友黄春一道去炎陵祭祖祈福途中，发生了一个令他百感交集的故事。可不，恰巧得很，刘渌碰上了他一生中最美丽的一次奇缘遇见。

这一天，也许真是始祖神农氏显灵，阳光和煦，天空蔚蓝，春意盎然。当刘渌与文友黄春在庄严肃穆的神农大殿焚香礼拜后，二人便偕行前往附近闻名遐迩的神农谷游览。

名胜境地神农谷，是我国长江中下游地区一个独特的原生态的高山湿地，一个旖旎美妙的世外桃源。这里，曾经吸引了无数文人墨客与才子佳人心驰神往。刘渌和文友一会儿辗转在这俊秀幽美的神农峰之间猎艳搜奇，一会儿又徜徉于一株挂满红飘带的"树包石"底下，二人无不被这里奇绝的景致陶醉与迷恋。随后，他们来到数十米高的酃泉瀑布前观赏留影，迷恋滞留了甚久。文友黄春临走之际，特地招呼着刘渌跟上他。

刘渌只得应声着，当他再次贪婪地呼吸了几下难得一闻的负离子，欲罢不舍又连连不忘回眸之际，忽然，一个清澈动听的女子声音把刘渌吸引了过去："你好！你也过来神农谷观光了？"

刘渌循声一望，发现是一位清丽的中年女子站在他不远处，仿佛很熟络似的投给了他一个微笑。刘渌有点迟疑地朝她笑笑，他的直觉告诉自己，她认错人了。

"咦，你不是酃县人吗？"她脸上有了一点惊疑。

"酃县人？你怎会觉得我就是酃县人呢？"刘渌有点狡黠地反问她。

那女子听了有了羞怯之色："啊！你不是酃县人、不是湖南人吗？"

至此，刘渌确信那女子是认错人了，而且知晓她是一位不经常来这里的游客。因为，酃县早在二十世纪九十年代就改名为炎陵县了。

"我是湖南人，只是你说的酃县……"刘渌没有正面回答她，他觉得不能让她尴尬，"你可要知道，酃县在二十多年前已改为炎陵县了。"刘渌把话给岔开了。

"这个，我早知道呢！"那女子说完，莞尔一笑。

那女子的回话，让刘渌愈加讶异。他开始新奇地打量着她：年龄四十有余，不高不矮的个子，不胖不瘦的身材，双肩上背着一个精致的小背包，手上提着一只玻璃水杯，身后还紧跟着一个十来岁的小男孩。一张倩丽的脸上，写满对生活的自信和愉悦。

"请问你应该不是炎陵人，哦不，不是酃县人吧？"刘渌紧问那女子一句。

那女子听了刘渌这话，不禁扑哧一声笑了："我是酃县人，哦不，是炎陵县人呢！"她那语气里，充满了骄傲和自豪。

这回，轮到刘渌一番惊讶了："你既是炎陵县人，为何要称作是酃县人呢？"

谁知那女子听了，并不觉得什么，只是轻描淡写地回了一声："嗯，这我习惯了。是受我父亲的影响，听他叫酃县叫惯了。现在突然间回到了故乡后，一时改口不过来，不好意思！"说完，那女子朝刘渌露出一个羞赧的笑靥。

"是跟着你父亲叫酃县叫惯了？"刘渌愈觉话中有话，不由得走近了那女子两步，饶有兴趣地跟她攀谈起来："请问怎么称呼你呢？你父亲没住在酃县吗？他不经常来酃县吗？"刚说完，刘渌才感到自己被她感染了，居然也跟着她一个劲地称"炎陵"为"酃县"了。

果然，那女子听了也觉得谐趣，又一次扑哧笑开了："我叫黄小莉，是个美国华侨，还有一个名字叫爱丽丝，祖籍地中国酃县。我父亲从小就在酃县长大的，很熟悉这里呢！"

果不其然，这是一位身份奇妙的女子，一位有家境背景故事的女子。

刘渌朝前方匆匆望了望，想招呼一下已前去的文友等一等，可哪里还在人群中找得到他的身影，他也许早已跟着如织游人走远了。

刘渌索性停了下来，坐在路旁小憩的石凳上，同时招呼着刚认识的黄小莉女士一起过来坐坐。小莉女士觉得也走累了，便拉着小男孩的手一块靠着这条石凳坐了下来。

原来，这女子名叫黄小莉，出自一个红色革命家庭。她父亲叫黄昆山，出生在湘赣边界酃县鹿原镇的一个小山村，曾经是一名老红军战士。十七八岁时，黄昆山投身朱毛红军参加革命，在枪林弹雨中出生入死反"围剿"，打土豪，分土地。遗憾的是，黄昆山在国民党反动派第五次"围剿"中被不幸打散，与革命队伍失去了联系。后来，当黄昆山得知红军队伍已经开拔西北长征后，他只好隐身回家种田。

　　谁知到了解放战争时期，黄昆山被当地国民党武装抓了壮丁，半年后派遣给一个国民党军官当了警卫。中华人民共和国成立后，这个军官便带着黄昆山去了台湾，不久又移民美国居住。二十世纪九十年代初，黄昆山忍熬不住乡愁之苦，带着他未满二十岁的小女黄小莉回到了故乡酆县，一路满脸流泪地谒陵祭祖、探望乡亲。这次回乡，黄昆山亲眼见证了祖国发生的变化，祖国从开国大典，到打开国门改革开放，经历几十年的发展，他分明看到了勃勃生机。当看到乡亲们日子一天比一天好起来时，黄昆山心中充满了无限喜悦与欣慰。

　　不久，黄昆山返回了美国，此后他彻底失眠了，开始无时无刻不叨念着祖国，牵念着乡亲们。在黄昆山眼里，他早已把始祖神农氏安寝的这片神奇的土地，深深地烙印在心底了。然而他终究老了，体质越来越差，加上双肢患有严重风湿，很快便瘫倒在床上。尽管如此，黄昆山心中仍然盛满祖国，眷念着生他养他的故土。当女儿黄小莉每一次坐在床边陪着父亲说话的时候，黄昆山都要反复叮嘱女儿，一遍又一遍，叮嘱她不要忘记自己是中华民族的子孙，不要忘记自己的根在中国，直到黄小莉使劲地点头为止。曾经有好几回，黄昆山耐不住乡愁的侵袭，半夜里挣扎着要爬起来回故乡去。哪怕是在梦乡里，黄昆山都时刻想着望着能够再次回到祖国，亲眼见见不断变化中的故乡，看看他的乡亲们……

　　"今年迎来了祖国七十华诞大庆，我父亲尤其兴奋与喜悦！他特地跟我说，如今，祖国七十年的迅猛发展，越来越强大起来了，家乡酆县今天也应该是建设得愈加富足美丽，家乡人民的生活也应是过得更加富裕幸福啦！我父亲特地把我和我的先生喊到他床前，郑重嘱托我们带着孩子好好回国一趟，同时也带去他的一颗炙热之心，往酆县鹿原坡谒陵祭祖，认祖归宗！只是……唉，这些日新月异的变化，我父亲若能亲眼看到多好啊！"

黄小莉说话间，那一声喟然叹息，刹那间让刘渌对黄昆山老人还有黄小莉女士这一家子的拳拳桑梓情怀颇为感动，不禁肃然起敬。

"咦，那你的先生呢？"刘渌环顾四周，不解地问。

"他呀，一看到酃县的惊人发展与巨大变化兴奋不已，人勤奋得不得了，拿着摄像机早已跑到前面拍摄去啰！"黄小莉欣喜地答道。

"请问你家先生是哪里人？"刘渌不由自主地又问。

"他是中国台北人。"黄小莉顺口答道。

"你们一家子难得回来故乡一次，那就多跑一些地方看一看，把祖国发生的伟大变化和乡亲们幸福生活的情景画面，装进那些视频与照片里去，给黄昆山老人看看，足以慰他缱绻了！"刘渌欣喜地说。

"唉，你哪里知道，一张简单的照片或一个视频，怎能一下消去他长年累月念乡的拳拳之忧？这不，我父亲还特地叮咛我，趁着今年伟大祖国七十华诞之际，要我在鹿原坡炎帝陵上取一抔土、在酃泉（神农谷潭）里装一瓶水，给他捎带回去。让他在有生余年，好好地亲一亲、闻一闻始祖陵旁的泥土与故乡水的芬芳！"黄小莉深情地说罢，右手特意轻轻地拍了拍背在背上的小背包。

透过黄小莉那份庄重而尊崇的神情，刘渌分明看到了一位高大华侨老人的背影，他正虔诚地跪在一抔土面前，听到他祷告始祖神农氏护佑中华的呢喃轻语，还有他那祈福祖国早日完成统一大业，早日实现伟大民族复兴的愿景……

刘渌发现自己眼眶早已湿润。该是告别黄小莉女士的时候了。是的，刘渌得立即往前方去追上已走远的文友，要把这世上最美的一个奇缘遇见故事告诉他，与他分享。

于是，刘渌带着感慨与不舍辞别了黄小莉女士，一路小跑而去。刚跑过了一个路口，蓦然记起了什么，他觉得自己傻傻的，竟然还没有问明白黄小莉女士为什么把他当作了一回"酃县人"？还有，她眼中的那个"酃县人"又会是一个什么样的人呢？

这个好奇心，使得刘渌不得不停住了疾走的步伐，欲转身再去找黄小莉揭开这个谜底。可是，刘渌很快又打消了这个念头。为什么自己非要知道这个谜底呢？或许，黄小莉所认识或曾经认识过的这个"酃县人"，是她当年跟随她父亲回到祖国谒陵祭祖时结识的陪同人员？抑或是一名跟他的年龄相仿相像的乡里乡亲？

也罢，何必偏要去揭开这个谜底呢？既是自己被她遇见当作了一回"酃县人"结识，这又有什么不好吗？刘渌又想到：在黄昆山老人的心目中，在黄小莉女士的心目中，以及他们一代又一代华侨华人的生命里，生生世世永远地烙印着一个"酃县人"印迹，叨叨念念自己的根在中国，刻骨铭心不忘自己为一名中华民族的子孙，这不正是说明了"酃县人"之魅力所在，继而有力阐释了海内外华侨华人认同一个文化符号的深刻内涵吗？

想到这里，刘渌兴致勃勃地哼着自编的"我骄傲，我是酃县人"的小曲儿，一路轻快地向前走去。

不是吗，刘渌心中怎能不感慨万端？他觉得自己有幸当上一回"酃县人"，又怎不感到自豪与骄傲呢？不仅仅是中华始祖炎帝神农氏的陵寝所在地就在酃县，更有中华民族长盛不衰之力量源泉，中华民族之伟大精神灵魂，犹自酃县鹿原坡上集聚凝华而磅礴立四极……

原色

雯雯是都梁县第二人民医院的护士，与越君结婚八年。八年来，他从未为她添置过一套像样的服装；而他自己的穿着，更像一名"土老帽"。这可能与越君的艺术创作有关。他在某文化研究部门工作，少说也有一半时间在文学的古代史、世界史、近代史里神游，即使魂归当代，也只是坐在沙发上看看《新闻联播》，或者教儿子写字。

他们的儿子叫东东，六岁多，白白胖胖，非常聪明，读幼儿园，在小朋友面前神气十足地侃他爸，说他爸的一本书砸在地上你搬不动！

越君三天两头外出钻图书馆、博物馆等场所，回家就摊开稿子撰写大沓大沓的著述。结婚头一年，雯雯对越君幽深的学问满怀虔诚，不惜陪坐半夜为夫君红袖添香之外，还添一顿消夜。小家庭恍若有天堂氤氲之气，及至儿子呱呱落地，就只剩下呛鼻的人间烟火了。见越君一心扑在书堆里，雯雯的心无法再静下来，动不动跟他闹别扭，哪怕鸡毛蒜皮，哪怕无中生有。

越君毕竟在祖国的悠久历史和灿烂文化中修炼不浅，内功极好，脾性极好，每逢妻子的脸"晴转多云"甚或"阴转小雨"，总是微笑"退兵"，再去忙他的文学研究与创作。有的放矢，无的放矢，都不管用，雯雯也懒得跟越君过不去了，把家庭重担一个人挑起来，累是累了点，倒也充实。因其相安无事，这个家还两次被评为"五好家庭"呢。

专心搞艺术的人，一个显著的特点是穷。越君也不例外。他除了撰写的稿子不计其数外，口袋里却只有几个叮叮当当的小钱，几百元的工资大多买了书，买得雯雯慨以当慷，扬言哪天点把火，烧他个精光。

雯雯看不惯越君的藏书，更看不惯越君通宵达旦爬格子。都是些不值钱的玩意儿，谁读？挣来的稿费还不够买几斤大米。你瞧羞不羞？

前几天，雯雯在湘西南一家有名的都市丽人高尚时装店，看见一件款式出色的真丝连衣裙，忍不住用手多摸了几下。售货小姐就过来了，故意摆正裙子上的价格签，也是乜着眼，流露出不屑，那意思分明是："瞧你跟一个乡巴佬似的，买得起吗，你？"

无端被辱，内心像有无数根刺扎着，雯雯一回家就伸手向越君要钱，要买那件非常可爱又罪该万死的真丝连衣裙，不达目的，誓不罢休！

越君一愣，探索口袋，打开抽屉，又搜肠刮肚，想哪里还能够"藏污纳垢"。良久一笑，喜滋滋从床底拖出一只祖传木箱，解除枷锁，从一本线装书页间拈出一张印作书签的百元假钞，毕恭毕敬地递给雯雯："夫人，聊表心意。"

平时丈夫跟她玩幽默，两人开心一笑就没事了。但今天，雯雯不买越君的账。她知道他有一张一万元的存折，准备用来出版一本什么鬼书。

她义正词严地指出那个一万元存折，不料遭到他斩钉截铁的拒绝。

"一千块。你给不给?!"她的口气类似最后通牒。

"雯雯，你知道……"他的话还没说完，她把箱子里的书全倒在地上，哗啦哗啦翻将起来，没有，没有，没有存折，就一本、一本又一本扔得老远。

"啪！"她挨了一巴掌。

惊愕！他从不打人，今天动手了，为了出版那本鬼书。紧接着，心中积压了几年的怨气，猛然似高压锅喷气般哧哧往上蹿：姑奶奶跟你吃苦受累，连一件裙子都不给买，还好意思打人！

"我真是瞎了眼，嫁给你这等窝囊废。离婚！"她嚷道。

"离就离！"越君拍了拍桌子，他的话如同在刀锋上擦了一下，带着一股瘆人的寒气。他也恼火透了，恼火妻子，更恼火自己。

话虽简单，但说到这份儿上，两人只有离的命了。

最难以割舍的是儿子东东，两人谁也不愿放弃。征求孩子自己的意见，东东不回答，只是哭，最后牵着爸爸的手。他觉得爸爸比妈妈可怜，他同情弱者。

办完离婚手续，分别之际，云淡风轻。他转过身去，却迟迟迈不开步子，背对着她，像那低头的屋檐。

忽然，一片落叶轻飘飘地落在他的肩上。她想替他掸去，可就在慢慢靠近的一刹那，他那股熟悉的、混合着寒酸味的气息扑面而来，她不由得涌起一阵莫名的心酸，手也蓦地停在了半空。而他，似乎觉察到了什么，肩头微微一抖，那片落叶便晃悠悠地掠过了她冰凉的指尖……

离婚后第一天，雯雯用离婚后分到的一千元钱买了一套顶俏的时装。

第一次穿着一件高档时装，雯雯在街头闲逛了近两小时，感觉特蓬勃。三十多岁了，幸好没有继续埋在越君的稿纸堆里，再过几年，只怕再好的衣裙也遮不住你的迟暮之感了。

路过帝王大酒店，隐约听见一段熟悉而略带伤感的旋律——她百听不厌的外国民歌《红河谷》。上中学时她就会哼，没想到现在又被它"咬"了一口。于是，她朝着歌声的源头走去，在酒店的音乐茶厅，在紫檀色的茶桌旁坐下。

"快过来坐在我的身旁，不要离别得这样匆忙，想一想你走后我的痛苦，想一想留给我的悲伤……"

音响里传来那凄凄切切的《红河谷》。

眼下你坐在自己的身旁，你的婚姻突然死亡，想一想离婚后谁不痛苦？想一想离婚后谁不悲伤？雯雯连喝五杯咖啡，不，五杯酒。站起来准备买单，她却傻了眼：天！口袋里只有六块钱。眼光急急在大厅穿梭，就像溺水的人要抓一根救命稻草。

窘迫不堪之际，一个悦耳的男中音对侍者说："不用找了。"

雯雯扭头瞧见他：年近四十，有点秃顶，中等个子，脸部保养不错。好像在哪儿见过。

"谁都会有些出人意料的时候。在下张宇。"他伸出手，跟她握了握，"还想喝一杯吗？"

"谢谢。"她的脸微微发红，欠身坐下，"请问你是哪里人，先生？"

原来，张宇系本县某民营企业的经理，曾在一家电视台以赞助商代表身份亮过相。两人一聊，很能聊出一些花样来，很能聊出一些回味来，分手时还相互交换了联系电话。

大约一个星期后，雯雯路过这家工厂时，突然想起还钱给张宇。但后者不在，到长沙出差去了。

又几日，雯雯正在给病人输液，护士长喊她接电话，竟是从长沙打过来的。雯雯问什么事，那边说，瞧你一本正经的，打电话就必得有什么事吗？不知为什么，她有点心慌，说了几句干巴巴的话，便把电话挂了，生怕会发生什么事似的。

打从离了婚，雯雯人住单位，跟两个不到二十岁的丫头片子挤一间四十四平方米的小屋，既不大合得来又疏远不了。两个丫头片子挺时髦，头如飞蓬，喜欢拿雯雯开心，自己还没有男朋友（确切地说，她们有许多男朋友，只是还没有一个固定的)竞相给大姐鼓捣对象，今天引来一个愣头青，明天介绍一个嬉皮士，弄得雯雯啼笑皆非，又不好生气，就想早点搬出去。

不久，表姐也给她介绍了一位离婚男士，在工商行政管理局任市管员，人长相还可以，有钱，刚见过两次面，就猴急着要跟她"体贴"，吓得雯雯溜之大吉。那人则在后面嚷嚷："你神经病是不是？身体不贴在一起，那爱从何而来？"

"你才是神经病呢。"雯雯站住，回头说了一句。那人听了紧追几步。

雯雯大喝一声："别过来，你。"

"你不是过来人吗，怎么还怕这个？"那人尽管停了步子，但还是伸出双手做追求状。

她这时想起一个朋友的忠告：离婚后再谈对象选配偶，一定要慎重，就像选股票，你要考虑它的业绩、它的成长……雯雯撇撇嘴，学着那两个丫头片子神气的样子，婷婷娉娉地走远。

雯雯也不知道自己怕什么。结婚之后怕离婚，咬牙把婚离了，现在又怕谈恋爱，想再婚又怕再婚。好长一段时间，她心里像长了草似的，怎么也不得安生。

张宇从长沙回来了，打电话请她吃饭。雯雯踌躇片刻："我请你吧。上次多亏您帮忙，我才没丢丑。"

张宇黑了，但显得更精神，还带来一个男孩，年龄跟东东差不多。"我儿子，叫小五，把他一个人留在家里不放心。"大约去年，张宇的妻子在一场车祸中丧生。

"我也有个这么大的儿子……"雯雯只说一句，就打住了话头，生怕翻乱自己的心境。张宇岔开话题，谈到在长沙出差游玩的兴致。谈到途中有一个漂亮女人想追他……"我怎么会喜欢她呢？"张宇说完就笑。

雯雯被张宇的故事逗笑了，但他不笑，一派从容："谈到了女人的漂亮，我跟你说一件小小的往事吧。少年时，我住的那个破破烂烂的街区，有个小靓女。我跟我的伙伴都很喜欢她，但谁也没把握能赢得她的芳心，大家只好约法三章，谁敢跟她说话，大家就一起揍他。结果她嫁给了另一个街区的流氓，让我们一伙痛心疾首。"

"后来呢？"雯雯问。

"没有后来。"张宇点上一支烟，深吸一口，"不过，我觉得，从某种意义上讲，你给我的印象很像她……"

"看来，我要再婚了。"她心底居然喊了一声。

果然，两人交往一帆风顺。

频繁接触，迂回包抄，指鹿为马，单刀直入，共结秦晋，一气呵成。

雯雯的日子过得蛮惬意，至少，第二次婚姻弥补了第一次婚姻物质生活上的遗憾。张宇会花钱，也会挣钱，尽管他总是南来北往跑销售，但由于"四处开花"，收入就很不错。

当然，雯雯也有不如意的地方，比如说，继子小五一直不愿叫她一声"妈"。张宇常外出，她跟继子的关系容不得半点回避。两人坐在一起吃饭，她给小家伙夹菜，以示亲热，后者竟不给她面子，把菜往回夹，而且还小大人似的瞧着她的反应。每当这时，她就想念东东，在母子情深的记忆中，一个湿滑的立足点上，摇摇晃晃站立不稳。

再婚以后，她好久不曾仔细端详过儿子了，只有两次驾着豪爵摩托，在学校对面远远地观望过他，心里不禁一阵自责，当下便打算周末时，把东东接过来住两天。

她得跟前夫越君打声招呼。第二天中午，她又到学校对面，守望父子俩出现。

越君骑着自行车过来了，在熙熙攘攘的人流中，他那身旧西装显得那样刺眼。他把东东从自行车上抱下，俯身亲亲孩子的脸，然后才跨车离去。东东久久不进学校的门，站在那儿冲着越君的背影大喊："爸爸，早点来接我——"

清脆的童音撕扯着沉闷的空气，似乎要把它震破。雯雯的眼泪不觉滑了出来。

而越君，回头向儿子一笑时，车把一歪，被一辆迎面驶来的摩托刷了一下，顿时摔翻。没想到摩托车主连一声"对不起"也不说，加速而去。

"喂……"雯雯脱口喊了一声，刚冲过去，那摩托已逃之夭夭。越君狼狈不堪地爬起来，看到雯雯，毫无表情，转身推车，一瘸一拐地走了。

雯雯知道，他把她看成一个轻浮的女人，一个必须鄙视的女人。他为什么不再娶一个？

她无数次想象过他的生活：在卫生间累得两臂发麻、腰发酸；在厨房耐着性子洗菜、烧饭、刷碗；在市场上放下文人的清高，为两角钱跟摊贩争得面红耳赤，抱怨物价涨得太快；深夜里冒着寒风，抱着儿子，心急如焚直奔医院，在候诊室坐立不安如热锅上的蚂蚁；爬格子时，还不忘为东东掖掖被窝……

不容易啊，他！

下午，雯雯往越君单位挂电话，问他摔着哪儿没有。他没回答。她接着说要带儿子住两天。他也没吭声，就搁了线。

她猜他是默许了，于是她请姐妹照顾一下，便提前下了班，在学校门口等东东。

儿子乍一见她，愣了一愣，随即大喊一声"妈妈"，扑进她怀里。她又如何不哭？儿子好懂事，从口袋里摸出一块手绢，替她揩泪，边擦边叫妈妈别哭。在口袋里放一块干净的手绢，是她从小教儿子的，想不到他还一直保留着这个习惯。

雯雯让儿子在豪爵上坐好，抱紧自己的腰，说要带他到妈妈的新家去。东东不依，要等爸爸。这时，越君一瘸一拐地走来，虽然他的腿伤还未好，他一瞅见雯雯，即扭身离去。

"瞧，你爸腿不好，让我带你两天。"雯雯跟儿子说。东东噘着嘴，顺从了妈妈。

接了东东，雯雯风风火火又去另一所学校接小五。其他的孩子陆续跟大人回家了，小五孤零零地坐在花圃的围栏边，好不容易等到后妈出现，他反而悄悄躲藏起来。

雯雯满校园里找，急得满头是汗，正不知怎么办才好，背后猝然响起怯生生的一声："妈。"转身一看，是小五，她差点晕倒。

回到家，雯雯一左一右把两个孩子都搂在怀里，心里有一种说不出的滋味。

第二天，雯雯在家里搞卫生，让小五带东东到外面玩。

两个"小伙子"开始还玩得挺投缘。上午十点左右，雯雯听得窗外喊声连天，拉开门，发现四五个孩子在围攻东东一人，小五赫然也在其中。倔强的东东含泪孤军奋战，面颊已被抓破了几道血痕。

雯雯跑下楼，众孩子立马作鸟兽散。她心疼地摸着东东的脸，质问继子为什么带人欺侮弟弟（小五比东东大五十多天）。原来小五说东东不是他弟弟。东东赶紧告诉妈妈：小五说他是他们家保姆的孩子，他不服气，跟小五干了起来。小五熊样，打不过他，还好意思叫别人帮忙。

东东说完抱住妈妈的腿，横眉冷对小五。

小五鼻子里哼一声："你妈给你帮忙算什么？我爸管着她呢！"

雯雯的气不打一处来，伸手给了继子一巴掌。后者于是"哇"地大哭。雯雯拉他回家，他又踢又咬，死活不肯。雯雯无奈，带着东东上了楼。

谁知过了一刻钟，雯雯再出来看时，小五没了影儿。

张宇接到雯雯的告急电话，当天下午赶火车，天一挨黑回到家，劈面把雯雯骂了一顿，骂一骂倒没什么，竟也跟小五一样刻薄地说她连一个孩子都看不住，还不如一个保姆呢。

发动所有的亲戚朋友，东寻西觅，又打电话报了警，折腾到周日中午，仍然毫无小五的线索。张宇越来越狂躁不安，不停地摔砸东西。雯雯忍气吞声，熟视无睹。然而东东吓坏了，躲躲闪闪，紧攥着妈妈背后的衣摆不放。

雯雯赶紧把东东送走，刚折回家，一个孩子慌慌张张跑来通报：他跟伙伴们捉迷藏时，在某工厂一间废弃的仓库里，发现了小五，但不知后者是否还活着。

张宇夫妇发疯似的冲向仓库。只见小五盖着毡布，闭眼蜷缩在一肮脏的角落。张宇大气不敢出，慢慢走过去，伸手试试孩子的前额，温热着，顿时有气无力地萎坐下去……

小五失踪，有惊无险，但此事在张宇和雯雯心里都打下了一个结。前者借口两个孩子在一块儿不合，要后者不得再接东东到张家来惹是生非。她便逼问他：

"到底是谁惹是生非，是我东东，还是你小五？"

"什么你的我的？你根本没把我的小五当儿子看。"张宇脱口也说了一个"我的小五"，好不尴尬，把门一摔，扬长而去。

开门摔门之间，户外的寒气突然给她的身心一记冰冷的震撼。

离婚之人，大多有个性上的弱点，尤其是再婚之人，都不同程度地存在心理上的障碍。雯雯被张宇父子有意无意视为保姆，人格受到极大的伤害，也觉得自己真的变成了张家的保姆，每天除了做家务，还要伺候那不好伺候的小五，这样，你跟这孩子与跟这孩子他爸，到底是一种什么关系呢？

主次上看，张宇每次回家，总是先跟他儿子亲热，把她晾在旁边老半天；在外地打电话，也总是要他儿子先跟他寒暄，之后才跟她唠叨。如果说离了婚的女人都有一种受骗的感觉，那么再婚的女人，比如此时此刻的你，不是更有一种重新上当的感觉吗？

这种感觉，在一天深夜得到了决定性的印证。雯雯被一阵电话铃声吵醒，抓起话筒，就听见显然醉酒的张宇吐字不清地说：

"董××，我爱你。请相信我……相信我好了，我马上跟那个护士离婚……"

雯雯心头一颤，努力镇定自己："既然这样，你干吗要跟那个护士匆匆结婚呢？"

"暂时找一个……一个保姆嘛。听说，你无聊的时候，也找……找……找低级的家伙上床……是不是？你搞不懂这是怎么回……回事是不是？嘿嘿……"

"我不是董××，我是雯雯。"

"别逗啦。我知道是你……"张宇打了两个饱嗝，"难道我会把号码拨错，拨到家里去吗？"

"你他妈的再拨一遍！"雯雯"啪"地砸下电话，翻身起床，觉得自己变了一个人，也需要扎扎实实醉一回。

董××曾是湘西南祈剧团的名旦，半老徐娘，有过两次婚史，情夫不好统计，说话口气极大，仿佛能把天下的男人都吞下。真不知她怎么会看上张宇的，八成是他的钱在起作用。

再婚不到一年，又得离婚，雯雯也没什么特别的感触。生活又同你开了个不大不小的玩笑，一个人最迂的莫过于在这种玩笑里认真了，除非，有可能，你被逼到悬崖上，不得不一错再错。没想到自己在张宇的眼中充当了一个有性关系的"保姆"角色！

离婚后，张宇自觉对不起雯雯，大大方方给了她十七八万元离婚费用。

当雯雯跟张宇办完离婚手续，倒是小五有点舍不得她了，竟追着她不停地叫"妈"。

她笑了那么一笑，无比艰难又非常坚决地汇入了喧嚣的人流之中。

路过帝王大酒店，奇怪，她又隐约听见了那曲外国民歌《红河谷》，又被它狠狠地"咬"了一口，心里要多难受有多难受，便赶紧现场逃逸，一路上，嘴里还不停地嘀咕："神经病，神经病……"

不知是骂那酒店的音乐放送者，还是骂自己。她突然发现自己灵魂意识中的爱情性格，感知爱情中的原型或许是蓝色的！只有蓝色是相知相溶，宽广与包容，才是天地之间的颜色。

雯雯不知不觉步入一家书店。打从跟越君结婚，每当看见他那一壁柜一壁柜满满当当的书籍，就触目惊心，吓得她根本不敢进书店。对了，半年前，她听说越君的那本《湘西南文学概论》出版了，不知这书店有没有。她想买一本。

找了很久，不见越君大著，雯雯询问值班经理，被告知此书在柜台上摆了四五个月，无人问津，现已入库，准备做特价处理。雯雯又问有多少册，经理估计有一百余本。雯雯说她全买了。经理喜不自胜，要给她打六折。雯雯申明不用打折，惊得经理目瞪口呆，鼻梁上的眼镜差点跳将下来。

那天，全县所有书店的《湘西南文学概论》被洗劫一空。人们传言是一位三十多岁的"妇匪"干的，长得十分漂亮。

今非昔比

时隔五年后，在南方都市深圳当老板的渌哥带着恋乡情结又驱车回乡过年了。

这是渌哥去广东深圳创业发家致富后的第二次回乡。五年前，他回来过一次，当时的他在深圳创业才刚刚起步，身价还没有现在这么高，不过在贫穷的乡亲们眼中，他是个很了不起的百万老板。渌哥老家所在的村子名叫渌口，偏僻又交通不便，是个省里都挂了号的贫困村。

记得五年前，渌哥开着刚买的别克小车在大年三十回来的时候，村口前早就站满了不少熟悉又倍感亲切的乡亲。他知道，乡亲们一听说他要回来的消息，都早早赶来想看看他在外面当了老板的光鲜派头。从小聪颖的他，特地在回乡前一天准备了一些慰问乡亲们的过年礼品，包含有广东蜜橘等之类的生活食品，把车子后尾厢装得满满的。渌哥的父母因病过世得早，他从没忘过乡亲从小给他的照顾。车子才刚停下，乡亲们就一窝蜂地围上来看，渌哥刚想把车上的过年慰问品分发给他们时，谁知他们竟争相上前自个儿把礼品"瓜分"完了，还有几个因手脚慢没有拿到礼品的乡亲，则在一旁遗憾地叹着气。看着还在贫困线上挣扎的乡亲们，渌哥心中有种隐隐的痛。后来因生意繁忙的缘故，渌哥已整整五年未返乡了。

渌哥的奔驰小轿车一下子驶进了那条熟悉的村道。路上，他心中忽然亮了，他隐隐地望去，昔日的村庄，已经发生了日新月异的变化。远远地，一座座小洋楼式的农家新屋，在广袤的田野中显得格外光华耀眼，像一个城市中的碧玉花园。这次回来，渌哥还特意在外表上刷新了他一个千万富豪的形象：穿着一身国际名牌西装，另配了一副价值上千元的金丝眼镜。他当然不是那种炫富的人，他只是想让乡亲们看看在外边真正当老板的派头，开开眼界，开开心。他也特别准备了几十份高档礼品，每个大礼袋里面除了一些高级糖果外，还各配有一桶压榨茶籽油和十斤一袋的精装泰国大米，把车子后座都塞得满满的。他甚至美滋滋地想，这一回乡亲们都会感到高兴满意的。

渌哥兴冲冲地下了车，还特意按了一下车喇叭，他以为乡亲们听到车喇叭叫会赶过来迎接他。可是，他有些失望了，除了从村口路过的两三个乡亲过来跟他热情地打了个招呼外，没看到欢呼而来的人们。更让渌哥想不到的是，当他提出几袋大礼品欲交给那几个路过的乡亲时，他们居然连连摆着手走远了。当渌哥又转过视线看看村里面的情况时，他没有发现更多的人在关注他。渌哥这才感觉真的有失落感了。五年不见，当年还是贫困村的渌口村今天怎么啦？带着这个疑惑，渌哥开车回到了老宅。

老宅前，自家大伯已经站在门前等着他了。才进屋，渌哥迫不及待地问起了乡亲们的生活状况，同时把他心中的那个疑问也说出来了。大伯曾是村里的老会计，一听侄子这么一说，脸上不由得堆满笑容，他兴高采烈地说："现在今非昔比啰！咱新农村建设搞得好，还不是党和国家的精准扶贫政策好，我们的渌口村已经摘掉贫困村的帽子啦！"说到这里，大伯掏出一包黄壳芙蓉王牌香烟，点上一支，接着说："记得你还是五年前回来过，五年后我们的农村，变化可大了，就是照报纸上说的那样，党的扶贫政策东风吹拂了我们这片贫瘠的土地，国家派出的扶贫干部真抓实干帮扶，穷怕了的乡亲们脱贫致富的干劲可大了，创业的办起了工厂，种植的搞起了大农庄，搞养殖的当上了养殖专业户……到处一片勤劳致富、科技致富、品牌致富的新景象。还有，我们村里以前那些曾经吃过政府救济金的'低保户'，如今不愿再落个'低保户'的外号，脱贫致富后都主动退给政府啦！"

渌哥听了，心里顿时乐开了花，他为乡亲们的脱贫致富感到高兴，刚才的那些失落感也一扫不光了。正当他与大伯开心聊着的时候，却见一些乡亲提着大小不一的袋子陆续走过来了，只见他们有提着一袋土特产花生什么的，有提着几挂腊肉的，有提着一大钵子自酿的甜酒的，还有的手里提着几只鸡鸭的，个个带着一片浓浓的情谊赶过来看他。可是，当渌哥打开车门，提出那些早已准备好的大礼袋欲交给乡亲们时，他们又个个摆手走开了。渌哥一见急了，刚要执意地追上去，却被大伯大声喊住了："渌伢子哟，今非昔比啦！这些东西，如今他们个个家里有，而且多着呢！"

看着堆满一屋子的乡亲们提来的土特产物品，渌哥心里充满无限感慨。

难忘那片荆棘地

眼下正是莺飞草长的三月，春风丽日，枝头回春。荆棘真可谓是春的先驱者，看，它正萌发出又肥又大的嫩芽儿，春风拂来，它欢快地摇曳舞姿，仿佛在向顽皮小孩们致意招手……哦，我不禁想起了有这么一片荆棘地。

孩提时，我记得我和伙伴们的嘴最馋了。嗬，那是一个难得的雨后晴天，我最要好的伙伴阳阳子，穿着一条开衩口的裤子，带着一群伙伴，直向我家走来。

他边走边扯开喉咙喊道："文伢子，去掐荆芽儿呷吗？"

"好呢！等着我呢！"我正在茅厕小便，一听伙伴们的招呼声，顾不得系紧裤带，边提着裤子边急急地走出茅屋。

阳阳子一见我这个模样，忍不住咧开缺牙的嘴笑了："这么急啥？我们等着你的呢！今天上哪儿去掐？"

"不知多黑佬出去了没有，只有那儿多着呢！"一个伙伴说。

"他今天一早出去了的，我妈起来挑水时还撞着他呢！"一个叫虎虎子的小胖子像炒豆子一样，说话噼啪直响。

"就上他那儿去掐！快走吧！"我一想起多黑佬那水嫩嫩肥油油的荆芽儿，口水都快要流出来了。

多黑佬是我们院里的五保户。因为他的肤色黝黑，大人们都叫他"多黑佬"。他很少说话，不知道他是从哪里搬过来的，据说刚来时还带着一个挺着大肚子的病恹恹的老婆，也许是路上跑得太快太急了，他老婆不久就同她肚里的那个一同命归西天了。多黑佬屋前屋后都栽满了荆棘，那是他用来护着他屋前的几株橘子树的。一到秋天，那几株橘子树果实挂满枝头，煞是诱人。为防我们馋鬼偷，多黑佬便用荆棘在屋前屋后围了个严实。谁知我们这些馋鬼不仅不怕荆棘，而且喜欢。荆芽儿也实在好吃，掐来一枝，抹去叶儿刺儿，洗也不洗，一股脑儿送入嘴里，津津有味地嚼着，那味儿，别提多惬意了。

多黑佬屋前的荆芽儿最有味，又肥又大，一到阳春三月，我们就馋得直流口水。只有趁多黑佬不在家时，我们才一窝蜂儿去掐。因为他还喂着一条凶猛的猎狗，我们都很怕它。但多黑佬常常带着它去外地打猎。

有一回，我们掐了不少荆芽儿吃得正香，突然遇着了打猎归来的多黑佬。他一看见我们手中的大把荆芽儿，还把他的荆棘护栏翻得乱糟糟的，脸色有些不好看。我们见了想跑，但又怕他的猎狗比我们还快，只得怔在那儿都成了菩萨娃娃。

过了一会儿，他才和睦地戏说着我们："你们怕莫吃了饭吗？"

"就是冒吃了荆芽儿。"叫虎虎子的小胖仗着他爸是大队书记，壮着胆子回答。

"荆芽儿比饭还好吃的吗？唉，脏死了，吃了会生病的！"

"什么，会生病的？真会哄人，怎么我妈不跟我说呢？"

"唉，孩子，真的吃不得，你们别掐好吗？那是我用来……"他本想说用来拦护橘子园，是防着我们偷橘子，但又怕说给我们听，便改口道，"你们别吃，以后我打猎回来分给你们一些野果子吃。比起这酸涩涩的荆芽儿好吃得多了。"说罢他就叹着气走了。

后来，他果然给我们摘了不少的野果子回来，但我们总觉得没有荆芽儿有味。于是，趁多黑佬不在家时，我们还是偷偷地去掐。后来不知是他发现了这个秘密，还是怎么的，总之，他再也不给我们摘野果子回来了。

听说今天他又出去了，我们高兴得要跳着走。

"慢着！"当我们正要走时，阳阳子忽然叫停住，"今天我们开一个联欢会，大家搭伙掐，掐了都归公，等到队上的晒谷坪上大家开联欢会时再吃，好吗？"阳阳子不知从哪儿学来的新鲜词儿，还学着大人们开会讲话的口气。

"行！谁偷吃了罚拍手板。噼啪！"小胖子虎虎子做着样儿，想吓吓同伴们，谁知他刚落下手时痛得直咧嘴。

"哈哈！就这样！"我们边笑边附和着。

"冲啊——"我学着电影里的解放军一样喊口号。

"冲啊——"伙伴们跟着我喊。

跑着，跑着，我的裤子没有系紧突然掉了下来，缠住了要跑的脚，霎时我落在后面。

"停下！停下！"看着伙伴们都跑到我前头去了，便急得大叫，"还不停下，我不干了！"

阳阳子真够朋友，他听见我喊赶忙带头停下来，转回来问我怎么了。

"我……我的裤子……"我哭丧着脸，"不准再跑了！"我怕再跑又掉下裤子来。

"好，那么就踏着步子走！一二一，一二一……"阳阳子喊着不太像样的口令。

"啪啦——噼啪啦啦——噼啪啦啦噼啪啪啦啦……"步子也乱杂杂的。

不一会儿，我们"行军"到了多黑佬的屋边，已看到那块荆棘地啦！

这块护栏荆棘地较宽，围着多黑佬的屋子转了一圈。瞧，那荆芽儿长得又肥又嫩，绿茸茸的荆芽儿上滴着水珠，怪讨人喜爱的。那一头，荆芽儿又晃头摆脑地动了几下，宛如欢迎我们这些"贵宾"到来。

伙伴们一看见肥得流油的荆芽儿，赶紧欢快地跑开掐荆芽儿去了。有的一头硬顶顶地钻入荆蓬蓊蓊的藤架下，哪顾得荆棘扎不扎人，一边掐，还一边直往口里送，对不起，嘴巴得先塞满再说。

我当然也不例外，偷偷地钻到一旁的藤架下，大的肥的荆芽儿全狼吞虎咽到肚子里，小的荆芽儿嘛，准备着那个"联欢会"时再吃的。

正当我们兴高采烈地掐荆芽儿时，蓦地，吱呀一声，门开了，探出一张黑黑的脸来，接着，一只凶恶的猎狗从门缝处一蹦而出，狂吠着扑向我们。

怎么，多黑佬不是出门了吗？难道这么早他就回来了？

"情况有变，快跑啊！"我大声叫着拔腿就跑。

伙伴们这一下吓得屁滚尿流，慌慌张张夺路逃跑，乱哄哄的一片。

这一下算小胖子虎虎子最倒霉了！他的心也太大了！挨近多黑佬门前的最多荆芽儿的地方掐。现在情况突然有变，惊吓得他丢下一大把肥大的荆芽儿就走，谁知脚不慎绊住了荆棘藤儿，一下子摔倒在地上，那只猎狗见了猛地扑了上去，虎虎子顿时吓得晕了过去……

待小胖子醒来的时候，他已经躺在乡卫生院里了。乡医院距我们村不远。我和其他伙伴早已一个接一个来到小胖子的病床边，把后面发生的事情告诉了他。当时小胖子摔倒后，即被多黑佬的猎狗扑下来朝着他的小腿咬了一口，多黑佬见了急忙喝住猎狗，抱着昏迷不醒的小胖子跑进了乡医院。还好，经过医生们的包扎后，小胖子被咬伤的腿并无大碍，下午就出了院。

第二天，当我们再次来到多黑佬家门口的时候，那块荆棘地早已化为一堆灰烬，哪儿还有荆芽儿的影儿？原来，小胖子虎虎子的爸爸回来后，一听虎虎子被多黑佬猎狗咬伤后，十分恼怒，连夜叫人把他屋前屋后的荆棘地全部捣毁一把火烧了。

荆棘地化为一片灰烬，多黑佬也不见了。我们呆呆地站在多黑佬屋前瑟瑟颤抖，傻傻发呆，心里头时时在发问："多黑佬，你把那块可爱的荆棘地搬到哪里去了呢？"

眼下又到了莺飞草长的三月，春风丽日，枝头回春。柳条儿、山叶苞、荆芽儿……无不被春风姑娘用魔法棒点绿了枝叶，点红了花蕾，又在春雨婶婶那甘醇乳汁的滋润下，舒展金枝玉叶，招人青睐，那一股股清香，何止是沁人心脾？还有一种别样的情怀涌上心头，小时候那一个个在春日里欢呼雀跃的情形又不由得浮现在眼前，于是，我又想起了有这么块荆棘地……

有爱不任性

弘蕾近段时间有些精神恍惚，心神摇摆不定。

她知道这种感觉源于何处，并不是说身体内有何问题。相反体内常常处于一种亢奋、激荡，排山倒海、江河决堤似的激烈碰撞，使得她一时挥之不去，无法排遣。她极力克制住，知道这种心情下的工作状态对一个刚起步的房产开发公司的财务人员来说是大忌。财务人员需要的是冷静、仔细、有条不紊地面对一个个冰冷而不带任何感情色彩的数字。当然她还是从体内深处挖掘出一种更深沉的安稳，牢牢覆盖住不时萌动的躁动和莫名的欲望。这样一种行为带来另一种结果，她又产生了时有时断的压抑。为了释放压抑，晚上临睡时她将身上仅有的一丁点都脱了个精光，静候老公。

弘蕾老公是梁都市某局新任局长，叫章灏。这段时间里应酬特多，祝贺升迁的与他又要去巴结的一个新层面的人同样重要。常常是饭局之后又去茶楼，洗脚馆或三五个要好玩斗地主，搞点小输赢。老公半夜回来面对此时此景，也只是爱抚地在她后背抚摸几下便倒头就睡。弘蕾怅然地一个侧身给他一个大后背，心里默默地叹着气。这不是老公性无趣、性无能。儿子都已上小学五年级了，与她夫妻生活的次数还是极其规律。这是不是自己雌激素出了问题？夜深人静时，她辗转反侧着。不觉间，伍媚、韩虹渐渐浮现在眼前，黑暗中她俩身边的两个男人依次耀眼登场，形态各异。伍媚的那个叫张淖，是做律师的；韩虹的那个叫曹非于，是一家医院的医生。伍媚手挽瘦弱戴着眼镜的张淖的脖子，在他脸颊上大大方方地盖着印；韩虹依偎在曹非于怀里，任凭他的两只手在胸前自由滑动。她们都肆无忌惮地称对方"老公""老婆"，对比之下她显得十分孤单地做着电灯泡。他们出双入对半公开化会餐，喝茶，进歌舞厅，这两个要好的小姐妹约她一块同往并非以她来掩人耳目，相反，她们渴望她同化而非格格不入地异化。伍媚与弘蕾是高中同学，她对此现象这样对弘蕾解释：什么叫成功男人背后有女人一半？那是这些男人背后都有一个红颜知己。要是他光有老婆那他就是一个失败男人，一个失意男人。韩虹这个大学同学一反腼腆状进一步阐述说，有爱就任性，要与时俱进，现在的时代女在外面没个对你有情有义的人，那么只能说明你缺少魅力，不招人喜欢，所以呀若是到哪天有人跟你献殷勤时看得合适就一把抓在怀里，等到成了黄脸婆就晚了。

每星期总有一两次，三个女人聚在一起时张淖和曹非于也会如影相随。开始弘蕾也有点不自在，当然环境也会催化人造就人，耳濡目染多了也就见怪不怪了。她的心路历程上也产生了一个质的变化。经过汇聚沉淀，巨大的能量陡然在心里膨胀，羡慕，渴望，复杂心情兼而有之。她们对弘蕾说过只追求精神层面不图物质，与他们在一起既新鲜刺激又快活。这令弘蕾似信非信。

她们都是机关或企事业单位职员，收入与待遇尚可，家里有房有车。较社会上那些闪婚闪离或是说貌合神离的人而言，她们的婚姻是理性的，就和她们的人生事业一样一路顺畅相对稳固。

韩虹的丈夫学历比自己老婆低钱却挣得多，因此他俩的婚姻波澜中丈夫老拿老婆的学历开涮，借以炫耀自己。韩虹知道学历这东西不存在错误，文化差异造成的性格决定了他们的婚姻质量走向。因此韩虹在丈夫面前是忍让的，她以有修养的谦虚和大度避让着丈夫的横蛮和近乎无知。她的精神世界是沉闷的，需要一点全新的东西注入润滑，莫非所谓的"有爱就任性"？

然后伍媚这几年婚姻也许是太稳固了，这就是有些无所事事的感觉。作为新的尝试她要把婚姻这双鞋拿出来交换着穿，她与韩虹不同，她耐不得半点压抑，她需要的是一种全新的永远保持亢奋的精神状态下的生活。

并不完全相信的是除此单独约会时，就没更亲密的接触，譬如是肉体上的，作为相好多年的小姐妹这层问号只能深埋下去。伍媚和韩虹不止一次地对她说，弘蕾你什么时候也像你的名字一样艳丽起来，你身材苗条、个子挺拔，比我们高出半个头，随便拿件新款时装往你身上一套，活脱是一个最佳名模，怎么这方面比我们落伍？你这个大美人啥时也牵一个来让我们瞧瞧，或是我们帮你物色吧。我们这样做至少比网恋强，那个东西虚的骗人的，咱们可以精心挑选仔细观察，只要不影响家庭何乐不为？对此弘蕾淡淡一笑说，我哪比得上你们，能说会道，思想前卫，谁会瞧得上我这个守旧主义？往往在这时候弘蕾心里也犹豫和彷徨着，原先对婚姻道德的操守、主流价值观的评判，这些是否有存在的必要？单位里凡是外面有相好情哥情妹的，无不沾沾自喜又津津乐道的同时，尊称她为冰美人。她懂得在这样的氛围里独善其身无疑成了冷血动物，不合新潮。弘蕾感慨自己曲高和寡，她是只八哥，落在乌鸦群里，乌鸦反讥笑八哥的漂亮是徒有虚名不及它们，说白了在男女交往上经过伍媚、韩虹这一两年的"传帮带"和特定气氛下的熏陶，弘蕾心里也放开得多了，只是对具体人选上她还是有自己独特的看法。

当初谈婚论嫁时，她从一堆人选中挑了并不起眼的章灏。原因十分简单，章灏男子雄风突出，说话喉粗嗓亮，走路健步如飞，内在气质上做事不婆婆妈妈干脆利索。当然经过这十年来机关复杂的人事相处，他也变了，变得说话小心翼翼做事稳重不乏有些犹豫，当然这都是后话。按弘蕾的审美观，既然是调节精神，张淖和曹非于之类的男人不在她的眼球中。

问题是她的想法不等同于她俩的想法，情人眼里出西施，青菜萝卜各有所爱。在她看来，这两个男人是十足的伪娘，而且在伪娘中也属异类：伪娘的始作俑者一类人物当之无愧是小沈阳小品里的那个人物。她甚至有些戏谑地想，要是将小沈阳那条苏格兰红色的石榴裙穿在张淖和曹非于身上时，伍媚和韩虹还会对他俩这般钟情？但愿吧，风情万种与情有独钟互相媲美。

张淖开口说话细声细气，眼珠子滴溜溜转个不停，尤其盯着漂亮女人时，总是这个问题那个问题，然后沿着问题的症结延伸下去，空洞乏味不着边际，他或许应该去做社会学家才对。弘蕾总觉得张淖做律师是对神圣法律的一种猥亵。而曹非于时时摆出自视清高的矜持，一副小肚鸡肠的算计，常常会提出一些反向思维的费用计算，这又令弘蕾想到这人应该去做经济学家，做医生也仅是图个虚名而已。而伍媚和韩虹对此却是崇拜至极，这令弘蕾心里怅然。女人不是附属品，即使找情人，女人也不应成为他的附属。

又到星期五的傍晚，弘蕾跟着伍媚和韩虹，来参加一个派对活动。她俩没带相好情人，纯属陪她来挑选的。主办方是国内颇有名气的专营保健品的完美公司，为答谢梁都市方方面面关系而别出心裁地搞这次活动，既有娱乐性又有实惠处，进门签到时礼仪小姐就人手一个装有五百元等价票券的信封。弘蕾有点别扭觉得是架着新娘上花轿的味道，伍媚解释这次参加的人层次比较高，你就精心挑选吧，选中了明天郊游时三队人马同时出发终结你的电灯泡时代。

这个派对跟眼下都市频道里交友节目有相近之处。主持人开场白之后让男宾依次坐到台上的长方桌前，每个桌子上放一个号码，从一排到十。从第一位开始介绍自己的年龄、属相、职业，并不介绍是否婚配或离异，只谈自己的爱好及心目中神往女友的外貌气质。过后让台下的女士挑选，双方满意即走到临时隔成的包厢去喝咖啡聊天。十位男士依次坐好后，伍媚推推弘蕾说，别真的无动于衷，看中就举手。弘蕾朝伍媚看了一眼，目光复杂又异样，伍媚的长睫毛眼睛一闪一闪的，那是鼓劲的信号，谈不成就走人嘛没什么大不了的。周围还是反应平平，台下嘻嘻笑着，正当这十位男士准备遗憾离场换下批人马上场时，弘蕾突然站立举手。

主持人手持话筒大声喝彩，好，我们这位女士终于开了先河之例，请大家鼓掌！掌声之后主持人问弘蕾喜欢哪一位，弘蕾面红耳赤地指着第十位号码的男子。

这位男十号叫周健，是市内一家琴艺辅导中心的辅导老师，此人性格外向健谈中不乏幽默风趣，言谈话题趣味性与知识性交替更迭，弘蕾更多时候是在听他侃谈，细细品味这个男人的兴趣与爱好时，也不时插上几句为什么之类的问话，这使得周健更是头头是道，流露出不容置疑的春风得意，使弘蕾反倒认为男人就应该张扬个性，人亦我亦最不靠谱。以前弘蕾就对有那么两个演皇帝的影星评价过，张铁林更像皇帝，而且是神像，宇眉间的帝王之气使她服帖得五体投地。今晚对这个男士的认识感到十分满意。这时，手机响了。

是伍媚打来的。小声问她来不来电，有电的话明天就带上他。

弘蕾朝身边的周健看了一眼，撂下电话时周健知趣地没问谁的电话。弘蕾歉意似的冲他一笑说一个小姐妹的，说好明天去郊游。周健说，缺少导游或伴侣吗？本人可以自告奋勇。弘蕾说，别做梦了，你比我小两岁做弟弟差不多。周健说，做弟弟好啊，朋友还是外边人，弟弟可是一家人了，以后还可以上姐姐家玩。弘蕾说，那还是我上你家玩吧，看着你老婆怎样扒了你的皮。

不知不觉中已到了十点多钟，两人互留手机号后弘蕾起身告辞，周健说我送送你，弘蕾说这大马路上还没大灰狼，周健说大灰狼没有难保不会出来个黄鼠狼对大美女窥视一番。周健和弘蕾笑着一前一后地出了大门。之后周健脚步放慢半拍肩挨肩并排漫步，乍一看活脱脱是一对恋爱中的情侣，弘蕾有点尴尬，广场前面就是马路，人多嘴杂万一被熟人撞见就显得很为难。这时周健指着右边的林荫小道说往那边走打的更容易。这是两行浓荫密布的樟树林小道，初夏的樟树林正是吐芳绽放新叶的时节，浓烈的自然香味使弘蕾张嘴大口贪婪地深呼吸着，好香哇。此时的场景唤起了她对大学生涯的美好回忆，也是那样的小树林从图书馆通向寝室，幽暗的小道无法遮蔽她和一群同学眼中燃起的阵阵前景光焰，她们叽叽喳喳地议论着，激昂的声音里充满着对未来生活的憧憬，大有一番指点江山、激扬文字的声势。她根本也没想过生活其实是平庸的，叱咤风云的尖端人物离她相去甚远，毕业、择业、恋爱、结婚生子，时光的尘埃慢慢地遮去身上有限的光泽，斑斓的色彩逐渐褪尽，留下了一个真实的自我，才三十多岁的女人竟然一无所求地日复一日地打发光阴，以至常有未老先衰的感觉。

穿过几条马路，顺着一条幽暗曲径小道往前走是与之相连的资水休闲带，河堤的岸边亮着整条闪烁且不断变幻的彩灯长龙，与不远处城市幢幢高楼璀璨的灯光交相辉映，沿河整排树影婆娑的倒挂杨柳下，一对对的情侣旁若无人地依偎在一起做着十分亲昵的动作。弘蕾迟疑地停下了脚步，此时此刻她心潮澎湃。多么诱人的红五月的夜晚。空气中的芳香，静谧的夜空，令她舒适陶醉。体内一种朦胧感觉在渐渐放大，心跳加剧面热难熬，某种欲望的念想迅速在全身蔓延开来。周健的手不失时机地从后背伸上来搭在她肩头，慢慢滑向腰际，她迟钝地麻木着。周健见此无反应一把紧抱住了她，并快速地在她脸上吻了起来。她喃喃地说别别，周健又将嘴移向她的嘴唇。她想躲移，可又被紧抱着，男人异样的粗重的喘息直灌耳膜，她晕乎乎地变得软绵无力起来。记得与章灏恋爱时章灏也有过如此举动，可现在是另一个男人在她毫无准备的情况下突然产生雷电擦出火花，周健悄然地在说，我会永远爱你的。懵懂之中的渴望乃至亢奋得到了回应，这种漾起的激情正是期待的另类爱情。一阵清凉的晚风拂面过来，她慌乱的心境变得愉悦，僵硬别扭的身子放松了许多，这不起眼的变故又给对方这双不安分的手提供了某种便利，使得他顺畅地在她身体的各个部位包括隐秘的敏感地带自由地游弋着。

后来她回忆起，那天她坚持不让他上出租车，一个人独自回家，要是坐上了车后面的事很难预料，也许所谓的一夜情就在那天在她身上得到印证了。

弘蕾回到家老公已睡下，第二天早上她睡意未消时老公一个侧身抱住她，又是吻又是摸，缠绵一会儿后弘蕾说，早上不能做。老公说，我哪想做呀，我这是好汉，好汉疼娇妻。又问昨晚什么时间回来的，弘蕾说十一点不到。老公说，又是去喝茶？弘蕾说是完美保健品公司搞的活动。我还为家里拿回五百元的等价票券呢。老公说，是吗。弘蕾说干吗要骗你。老公说我觉得你最近有点变化。弘蕾说，你说说看。老公道，说不准。弘蕾嘻嘻一笑，双手摸着老公的脸颊说，亲爱的老公我不会变，即使变我也永远是你的人，放心吧。弘蕾停停又说，今天我跟伍媚她们爬福地云山去。老公说，你好像有一些变化。弘蕾忙说，你不同意我就不去了，反正那福地云山爬得够多了，这双休日陪你就是。老公说，我哪里不同意，去吧去吧，我今天有朋友约我去一家农庄钓鱼，中午饭局，晚饭保不定还要在外面吃。

弘蕾翻身起来，老公阻拦道，再躺会儿，我起床后在外吃完早点直接开车去农庄。弘蕾嗔道，哪能一日三顿都泡在外面，这还像个家吗？再说外面吃也不卫生。说罢还是起来穿戴完毕径直去了厨房。昨晚之事虽然与"出轨"尚不能相提并论，但此事要是让老公知晓足以引起夫妻间感情纠纷与争吵。温和体贴弥补愧疚，以达到心理平衡，这也是弘蕾仅能做到的。

两个人的早饭也是举手之劳，煮上两碗面条，炸一碟花生米，锅里的剩油刚好煎两个荷包蛋，加点辣椒，顿时屋里弥漫开了浓浓的生活气息。儿子一日三餐寄宿在班主任家，星期天接与否视情况而定。这样最大的好处是儿子的学习全托给班主任，大人不用操心，班主任得到创收实惠。不过家庭显得冷清了许多，弘蕾有时也在想要是每天接送儿子，顾管作业，一日三餐空闲下来断然也不会有想入非非的念头。真是一事促一事，事事难料。

吃过早饭约莫九点钟时，弘蕾老公对着穿衣镜刻意梳理打扮了一番。弘蕾瞧见了说，你是去钓鱼呀，又不去主席台上作报告，戴着个领带多费事，到时一身鱼腥味，小心鱼把你拖下去了。老公笑着说，我到农庄就把衬衫和领带换下，只穿件汗衫弄个太阳帽戴上脏不了。

老公走后，弘蕾整理了下家务电话就响了。是伍媚打来的，让她过十分钟下楼在小区门口等。车来了，是辆别克商务车，张淖开车，曹非于坐在副驾驶位子。钻进车门韩虹就迫不及待地叫，昨天还行吧？说完眼光狡黠地在她身上搜索着，弘蕾大大方方地说一般般吧。伍媚凑过来道，能凑合就好慢慢培养嘛。又道，今天把他也捎去。弘蕾摇手，哪有这么快？心里挺明白收藏者觅到一件宝物需要慢慢甄别鉴赏品味，确认价值意义而至少是非赝品后才展示于人，对于那个周健，她也需要这样做。

车到福地云山脚下后，一行人沿山麓走马观花一圈后便顺着崎岖山道朝山顶方向进发，才走几十米就个个喊累，伍媚与张淖、韩虹与曹非于那边都已勾肩搭背在一起，再望望高耸入云的霄峰宝顶心里更是发毛，弘蕾想自己是个电灯泡，电灯泡就得陪他们照亮照亮。于是提议霄峰宝顶就不用去了，前面山腰七里亭有个"跳跳涧"的景点去那里玩，两位大男人过"跳跳涧"时谁湿鞋待会儿吃饭谁买单。此议获得一致通过。所谓"跳跳涧"是一个半尺高的水池里凸出几个踩脚点，然后让男人背女人一步一跳，须准确地落在踩点，要不然一脚踩空鞋子就会踏进水里。游戏规则上写道，此举最能测试男士的爱怜之心，对爱之忠则步子正；非爱莫忠则步子斜，进水湿鞋是活该。结果是张淖与曹非于都湿了鞋，张淖一脚踩水，曹非于两脚。

弘蕾嘲笑道，伍媚、韩虹，看来两位此心非心严加提防才是。

张淖和曹非于打起口水仗来，曹非于说韩虹身子沉，若是背起小巧的伍媚他不会踩到一脚水。

张淖说，这不是问题。问题的归处是你心里没摆正位子。原则上你可能还惦记着另外的……

曹非于说，老兄你别往原则说明上扯。

伍媚和韩虹抢上来对各自的老情人说，你们都不是好东西。

走了不远，前方就是福地云山最近搞开发新建的一家宾馆兼酒家，取名为幻云宾馆。一行人都饿了嚷着快吃饭。

饭后，几人都怯怯地坐着不动身，互相对视谁也不提立即开拔。外面太阳猛如虎。

曹非于对张淖说，老兄休息一下子怎么样？张淖朝伍媚看看，见伍媚无所谓的样子就果断地说，开房休息。吃饭是张淖买单，开房自然是曹非于的事，曹非于乐呵呵地去了总服务台。这次弘蕾不禁几分迷惑俯身轻声问韩虹，那么多人怎么休息？韩虹说你是真不懂还是假不懂，出门就是放松，开三间标间，你也真是的。说话间周健打电话过来问她玩得是否开心，弘蕾说一点劲也没有，因为缺少了你，要么你马上过来。周健在电话里问你具体的位子在哪里。弘蕾说在你背后回头瞧瞧，然后咯咯大笑着将电话关了。韩虹说，人家开始追你了。幸福花儿开。

曹非于开罢房拿着房门磁卡走过来分发给张淖一张，张淖转手递给了弘蕾，再接手自己的那张。于是两对人嘻嘻地先走上楼去，弘蕾望着手中磁卡做进退两难状，一咬牙跟在后面上了楼。到了自己的房间，弘蕾懒懒地往床上一躺，心里思绪万千。宾馆的设施非常温馨，灯光也很柔和。床头柜上面的一小瓶子插有一朵红色康乃馨、一株情人草。所有一切无不昭示着这样的环境下很适合与情人谈情说爱，甚至快乐地做爱。可是她快乐不起来，并不是说她太孤单也需要一个情人陪聊。她为她和她们产生着负罪感，心情沮丧万分的她心里狠狠将伍媚和韩虹轮番骂个遍。你们说你们是追求精神，这回是追求他们的精液。要是今天贸然将那个周健带上，自己也被他轻易俘获，让周健捡了个大便宜。令她更委屈的是即便是这样的心情，她还得装作满不在乎的样子。下午四点钟时，韩虹给她房里打电话让她起床准备出去，弘蕾嘟囔着说，我睡得正香。

弘蕾老公那天给弘蕾打电话说晚饭时果然不回来了，让她一个人吃，别等他。晚上十点钟，弘蕾临睡前给他打电话，他说在打一会儿牌马上就回来。弘蕾一个人躺在床上看电视看得眼睛酸涩迷糊，十一点半过了头老公还没回来，她也不想再打电话，只得把电视遥控器一撂自己先睡下。

第二天早上窗帘布微微有点发白时，老公就一骨碌起床了，弘蕾说星期天你这么早起来，才六点半。老公说上面昭陵市里有个会，我们是下面隶属局不去行吗，需七点钟开车去。说完老公关切地问，昨晚你几点睡下，弘蕾说给你打完电话后。你呢，弘蕾反问。老公说到家大概在十二点的样子。老公走了弘蕾睡意全无，拉开窗帘外面已是阳光四射。弘蕾开始整理家务，擦地板，抹桌子，摆放门口鞋柜上凌乱的鞋子。家要有家的模样，至少干净整洁一尘不染，家务事最能体现女人的品质，打理得井井有条既舒适又温馨，她看不惯有些女人不理家务事，家里脏乱得像个狗窝，而只要自个浓妆艳抹瘪下肚子过日子。玻璃窗的凹槽里，外露的窗台都得三天两头擦一遍，该擦该抹的都做完了，最后就是整理房间。先叠被子拉挺两边十分对称地折过来，拿手在上面压下四角方方了还要再拉扯一番，被子放一边上开始拉挺床单，双手在床单上拍掸，细小的尘埃立即在阳光的光束下来回翻涌，一边整理着家务一边在想老公如今说话有水分了，以后得多个心眼才是。想着时手里开始整理右侧老公这边的床头柜，一根金黄色的长发熠熠闪光般地吸引了她的眼球。她惊魂和寒栗地把头发撮在指尖仔细端详。半晌她颓废地在床沿坐下，心里十分伤感，这根头发源自何处，它阴毒得像一条裂缝横了在夫妻之间。流逝的岁月与时光，满怀希望的明天，所有一切她不愿去做最坏的打算和猜测，宁可相信这是个错误的判断。但行动上弘蕾开始寻找老公异样情况的蛛丝马迹，换下的衣服上仔细看有无口红，再用鼻子嗅嗅有无香水味，就连老公换下的短裤她也会闻闻有无女人下体的味道。结论似乎不明朗，某种意义上说是件好事，偃旗息鼓到此为止。

她不会学一些泼辣女人跟踪、侧面打探、正面审视，把晴朗的夫妻天空硬是搅得一塌糊涂。

这边周健每天来两三次电话，又约她单独喝了次茶，两人的体温逐渐上升着，每次接电话只要在方便情况下总要有半小时之久。被人关心被人呵护情感漂流和探险初始的弘蕾常喜形于色，现在老公仅仅是在行床笫之欢时跟她一番温存。但那是一瞬间的事，他也草草了事极其敷衍，以前老公会对她的身子做久久的探索，他的激情就是绽放的鲜花，以致双方不知疲倦地浇水、施肥、整枝。两人极其配合地挖掘新的体验和尝试，那会她的骨髓和血脉在快乐地沸腾着，她想象着农夫喜获丰收品尝成果的喜悦和欢乐。如今这一切已变得十分缥缈，她觉得更多的精神慰藉源自周健。一次周健电话打得不是时候，老公刚巧在身边，她灵机一动接过电话就说，你要钱就到公司去要，我现在在家里。她相信周健能明白。在公司里，接电话虽说不太方便但应付几句还行，不过总是嗯嗯哈哈的，然后说有事我再打你手机之类的话，让对面桌子上的同事小莉有所察觉，弘姐你最近好像外头有了。这个跟自己年纪相仿却有着三四年婚外情史的女人眼里，弘蕾的一举一动、一笑一颦早被她秋毫明察地尽收眼底。

周健带她去了几次高档舞会。幽暗的舞池，优美的萨克斯欧美浪漫曲《回家》叩击心扉般地震颤着身上每个细胞神经，凭着周健已有的艺术功底，跳个舞简直是小菜一碟，大显身手的时候到了。他拽着她翩翩起舞，姿势优美节拍准确，舞步轻盈节奏把握上错落有致。弘蕾相形见绌，常常会把脚尖不由自主地踩在周健的鞋上，或是快慢不当不合节拍，显得毫无节奏和起伏感，这时弘蕾朝周健歉意地笑笑，发现周健嘴角开裂甜甜的微笑中含情脉脉的眼光正注视着她。伴随这束暖意的光芒他将头略略俯下，一丝男人特有的气息飘散开来弥漫全身，她惊慌失措地停下了舞步脚却重重地踩在了他的鞋上。周健满不在乎地说，继续，别停下，再一次的翩翩起舞中她显得自信和镇静，十分放开变得轻如捷燕。周健在她心底感情迅速升华，高大完美多才多艺，这样的男人打着灯笼都难找。

一曲终了，周健问弘蕾感觉还好吗，弘蕾笑而不语。周健说，你的眼睛你的神情告诉我今天你的精神气质达到了最佳状态。这就是效果，要是讲精神的英姿勃发体内正常细胞活跃带动起整个健康环节，因为你的心灵在自由飞翔。什么叫自由，它指的是精神境界的最高层面。有首著名的诗讲得好，"若为自由故，两者皆可抛"。

这时乐曲声又舒缓地响起，较之前一首明快流畅简洁。弘蕾说这曲子不错挺感人，周健从侃侃而谈的神情中反应过来说，考考你这是什么歌名。弘蕾想了下说应该叫《昨日重现》，歌词意境是一对老年夫妻回首当年青春年华。周健双手一拍掌说，太对了。有些土鳖只会哼，连歌名出处时代背景都浑然不知，就知道说好，典型的半桶水，淌得很，看来你对艺术很有鉴赏力和感染力，大凡欣赏力强的人表现能力也越强，这是相辅相成的。周健说到这里突然又转了个话题，说音乐有西洋音乐、中国古典音乐，其中中国的民族乐器尤为瞎子阿炳的……弘蕾礼貌地打断了他说，我去一下洗手间。脸上异常放光的周健顿时像被浇了盆冷水，立即变得愤愤然了，冲着她的背影说，我是唾沫多得无处吐，去吧爱去哪里去哪里，见上帝都可以。

隔天周健打电话来约弘蕾晚上吃饭，弘蕾说，就请我一个人？对方说是。弘蕾说，要请还得加上我的小姐妹及她们的男朋友，人多气氛热烈。电话那头周健似有难色，沉默半晌勉强说好吧。才通完话弘蕾就犹豫了，现在就将周健隆重推出公之于众似有不妥，便又打电话过去，哎，就我一个人来。

周健今晚穿着白色的尖头皮鞋，锃亮得能晃出人影，白短袖衬衫上系着黑色领结，油光闪闪的三七分头映衬下一副绅士派头。他早早在座位上等着，见到弘蕾随即向服务生甩了个响指，上菜。弘蕾笑着说，今天穿得比新郎官还要神气。周健说这也是一种礼貌一种美德，跟心爱的人在一起以示尊重。弘蕾不屑于这种明显肉麻的话，就调笑说，听说搞艺术的爱情之花漫山遍野随处开放？周健瞪了一眼说，那我干吗不去酒吧、歌厅、浴室，因为人需要感情，需要精神享受。

周健眼神中充满了异样光彩，得意扬扬溢于言表。在弘蕾面前他有一种居高临下的感觉、自信力的恢宏气势，在一个有几分姿色懂得害羞的女人面前对他而言心情良好，而他确实很需要品尝，工夫茶这般慢慢品，体察滋味，品出情调。否则真的还不如嫖客和妓女之间直截了当。前几次交往不过是个开场前的序幕，音乐中的序曲。一切已水到渠成，伸手擒来毫不费事。他深谙女人跟男人只要有了那种刻骨铭心的亲密接触，就会变得俯首帖耳，唯他是命。为此周健相信这次他略施小计，会天助我也地带他到一个遂人心愿的境地。

周健问弘蕾喝酒还是饮料，弘蕾说饮料，周健笑着说我知道你会说喝饮料，说着将易拉罐拿起拿一只手遮着，在没有发出噗的声响，易拉罐就轻轻打开了。

"干杯！"周健一仰脖斟满的一杯啤酒霎时见底，旋转杯底朝弘蕾晃着，弘蕾也将饮料大口喝下。吃了几道菜又小啜几口饮料后弘蕾就觉得浑身乏力，有点困得招架不住的感觉，于是就双肘支头扶靠在桌子上。周健见状站起来关切地问，弘蕾说有点累和困。周健说，我扶你上楼休息一下。我们白天在此开会每人安排了个房间，刚好还没退。

弘蕾进了房就重重地躺在床上连鞋子都顾不上脱，周健帮她脱下鞋双脚挪上床后，自言自语说太闷热了，这空调刚开一时半会还凉不了。说罢就动手褪下她的裙子解开上衣，然后双手尽情地在她身上抚摸起来。弘蕾神志还是很清醒小声阻止着。周健瞧她细声无力阻拦以为是正常的半推半就效果，女人嘛都会装模作样地发发嗲，借以抬高和表白自己，以便为日后争取更多的筹码和得益，这也属司空见惯。周健越发来劲干脆地将她的胸罩一把撕下，然后开始自己脱衣服。"我们是什么关系，是情人，维系情人之间感情的纽带就是双方性满足。"

弘蕾一身尖叫腾地从床上跳下双手捂胸。"求求你我今天实在没这方面的兴趣，真的哪天我俩关系到了那种时候我会主动要的。""不，你是我见过的最美的女人，我是搞艺术的最懂得美，你的身材、皮肤、曲线，还有挺拔的双乳所有的一切对我来说是欲罢不能。"说话间周健身上脱得仅有一条短裤。弘蕾惊恐万分地瞪着他一步步朝后退去，"别过来，再过来我马上打电话报警，信不信你试试看。要么你当场掐死我。"

周健闻言立即变成泄气的皮球，因为从弘蕾的态度上看她是认真坚决的。周健很快嘿嘿一笑自找台阶下说是喝多了别介意。

周健走了，弘蕾抓起一条毯子裹身在床上坐了下来。看来他还不是个色狼，如果他狠下心来施暴今天断然是难逃一劫，本来她想跟他说明月经尚未完全干净，只是为了出门方便她拿下了卫生巾。在这种特殊的日子里是不能行房事的，谁叫他这样猴急，连说明的余地都没有。再则作为一个已婚男人应该懂得，他兴致上来下身小木棍一挺就要进入她身体只能引起她的厌恶，尤其是女人没有产生欲望前更是如此。这只能说明他的愚笨，这次翻脸的责任不在她方。以后他肯定还会约她出来，只要她如约就明白无误地反馈他这样一个信息，她谅解宽恕了他。这么一想弘蕾心情渐渐平静了下来。

这事过后，让弘蕾顿时领悟男人找情人根本初衷是满足占有欲，一旦占有者和被占有者形成事实达成默契，双方很难挣脱谁的掌控。为此后来几天里周健一个劲地打来电话，她也懒得去接。知道他对她虎视眈眈，这样给他降降温泼点冷水对他兴许也好。电话不接他换成短信发来。她不想就此了断，草草回了一个短信大意是最近工作太忙有空会主动找他。

这事刚翻过一页，轮到伍媚一日三次打电话来，说有迹象表明这个张淖在另觅新欢，这几天对她避而不见，伍媚在电话里咬牙切齿地说，真想搞点硫酸泼在他的狗脸上。弘蕾知道伍媚跟韩虹不同，这人性格太暴，较真起来说到做到是个不计后果的人。韩虹这人呢，宁愿委屈受点苦甚至贴钱，她也不会愿意去讨说法，只会打落牙齿咽入肚。

弘蕾马上赶去伍媚那里劝慰，你本来跟他就是逢场作戏，何必要跟他较真。来个假戏真唱，结果做二奶不成。

伍媚说，只有我有资格休他才对，哪轮得上他休我。现在我成什么了，连妓女都不如，妓女靠卖赚钱，我是白送给他睡，我不成了傻 X。

弘蕾瞧着伍媚一脸颓丧幽幽怨怨，不禁为她伤感，默默地叹着气。情到深处难自拔，难怪社会上一些二奶理直气壮地要"转正"要名分。伍媚的幸福感眨眼间说没就没了，从沸点降到冰点。人啊是拗不过自己，怎经得起沧海桑田般的变迁和折腾，伍媚为张淖付出了许多，心里的期望值越来越高。她的收获仅是暂时的，以后绵绵漫长的纠葛和烦恼会伴其左右。自己要是将周健需要的慷慨给予，到头来周健甩了自己，肯定也会和伍媚一样的心情，异性之间有条看似若即若离的鸿沟反倒为好，守住这条鸿沟女人也就守住了最终的幸福感。

弘蕾说，你冷静些别做傻事。我去找他反倒合适。

离开了伍媚，弘蕾觉得自己荒唐透顶，这种事情，孰能大包大揽过来？又不是两口子闹矛盾，再说律师个个都是铜牙利齿，翻手为云覆手为雨，是黑是白全凭一张嘴。自己要是有周健这样侃侃而谈的本领倒还能去游说一番。踌躇时竟又想到了老公身上。不行，伍媚此事也不便向老公透露半点，不然岂不是不打自己招。俗话说近墨者黑，自己与伍媚走得那么近，老公自然会怀疑起妻子的为人品行。

隔一天伍媚打电话问弘蕾，弘蕾说正准备去。

弘蕾是硬着头皮去的。她为自己定了这个基调，用极其夸张的语气说，多情种马，这几天太无聊了是吗？你可以去裸奔呀总不能伤害别人，伍媚要泼你硫酸了。

张淖一脸苦相承认这段时间与一位女当事人交往甚频，但并非已成新欢，既然这个问题是他引发，他愿负荆请罪，改天摆一桌叫上韩虹、曹非于等一块聚聚让伍媚消消气。弘蕾回来又把这事如此这般对伍媚说了，伍媚扑哧一声笑了说谅他也不敢。瞧着这副孩子脸，弘蕾不禁一声叹息说，伍媚啊有些事看起来很风光很美，真的到手了就会慢慢变味最后成烫手山芋。我劝你还是好自为之。伍媚听了愣愣的也不说啥。

做了几天消防员把伍媚燃起的火焰浇灭下去后，弘蕾想起自己这边不对劲，老公对自己的房事索然无味。这半个多月像木偶样躺在身边毫无动静。这天晚上，弘蕾洗澡后从卫生间出来，只穿短裤和文胸在床前晃来悠去。一会儿照镜子一会儿扭头朝倚靠在床头看电视的老公瞅瞅，在镜子的反光中她看到老公着迷似的盯着电视画面，而且是浑身的倦意。弘蕾关电视大灯改换橘黄色床灯。"睡了？""嗯，睡了。"弘蕾索性钻进被窝伸手灭了小灯，光溜的肌肤往老公身边蹭，刚挨着老公的腿他却自顾向外移开。"你就这样睡了？""嗯。""不想别的了？""嗯。"弘蕾的体温骤然降至冰点。凭着女人敏感的神经反射到大脑里潜意识是老公在外面肯定有情况。

现在她有种担心，这种忧愁不是有着十分明朗的具体指向，相反是隐约的飘忽不定的很难抓住实际本质。譬如，跟周健还要交往下去吗，交往下去的前提迟早有一天要向他献上身体，再则像伍媚什么都给予了对方真的获得了精神快乐精神依靠？这样担心的成分里还有自己家庭根基的稳固。所有的一切如同这个雨季里厌烦的雨丝，滴滴答答地敲打在心中，她的心情糟糕得要命。

烦恼中的愁事总是结伴而来，还没等弘蕾一团乱麻的情绪中梳理过来，韩虹打电话过来有事要见面。弘蕾这几天下班回家就与床为伴瞪着双眼闷头想事，这会儿她躺在床上懒洋洋地问能不能在电话里讲，韩虹说电话里讲不清，弘蕾说，上我家来吧他不在。

一见面韩虹就说她怀孕了。是跟曹非于的？韩虹点点头。弘蕾大惊，怎么会这样？你不懂，他是医生也不懂？这个狗医生。韩虹说，就是上次在宾馆里没采取措施，叫他戴套他不愿，还说什么是安全期。弘蕾问你跟他说了吗？韩虹说讲了，他说这几天老婆盯得紧，医院也忙病人多走不开，叫我自行设法拿掉。屁话！弘蕾愤愤地说，充起正人君子来他倒是没有跟你讲救死扶伤医德医风来，简直狗屁不如！我看干脆生下来往他家里一扔看他老婆怎么收拾他。韩虹瞪眼张大嘴夸张地说，哎哟那我非得先被我老公劈死不可！弘蕾知道韩虹老公是个开厂的小老板，因为有几个钱说起话来野蛮剽悍，韩虹在他面前总是唯唯诺诺指东不敢向西，夫妻关系并不十分和睦，好在还没听到有家庭暴力之类的传闻。两人商量一会儿，弘蕾问伍媚知道否，韩虹说还没跟她讲过。弘蕾说少知道一个为好，这种事不能大张旗鼓。弘蕾又说还是去外边邻县做吧。恰好邻县中医院有个同学在院办，大后天就去，悄悄地不落痕迹地做了。

韩虹走了，说好等弘蕾电话。弘蕾委实替韩虹可怜，决定自己去找曹非于，弘蕾拿着病历卡以病人的身份找到曹非于。

双目对视的一刹那，曹非于脸上掠过一丝不易察觉的神情，几乎同时将坐姿微微调整着，头吊着一般纹丝不动眼睛凝视，上身笔挺，一副正襟危坐。他轻轻咳了声像是打招呼又像在提醒这是医院医生办公室。心里清楚弘蕾来找他，无非是为了韩虹的这点破事。这事也轮得上你管，管得了吗？别管得太宽，韩虹自己不来本身就很说明问题，不想跟他搞僵搞杂，兴许还有几分幻想和期望值的成分，弘蕾不过是个斡旋的特使。面对两个女人的智商暂时还可以忽略不计。因此曹非于觉得稳操胜券，心里一副笃定泰然。

曹非于朝弘蕾做了个很优雅的手势，请坐。弘蕾瞧着曹非于一副公事公办若无其事不冷不热胸有成竹的神情，一时语塞，竟不知如何开口是好，来时雄赳赳拔刀讨说法的昂扬斗志顿时委顿下去。在这稍微沉默的片刻中，两人的目光再次交会。这次弘蕾从对方稍纵即逝的眼神中，捕捉到了狡诈中竟也有几分忐忑不安的惶恐。

这给了弘蕾极大的自信，弘蕾对他讲起了一个故事。她说她的一个小姐妹被一个自称医生的伪君子搞大了肚子，现在这个医生摆出一副于己无关的样子，她们几个小姐妹决定惩罚那个狗医生，让他声名狼藉，至少要让有关部门吊销他的医生职业资格证书，让他老婆给他闹得鸡犬不宁。曹非于不慌不忙地说，这不能一概而论要做具体分析，如果那天她在外面有过性生活，回家又跟丈夫同房，那么从医学角度讲，这颗种子的来源还得仔细推敲。弘蕾听了义愤填膺，准备狠狠回击他几句时，护士进门拿来几张化验单交给曹非于，双方随即收敛了表情，曹非于挺直腰板摆出一副高深莫测的样子。弘蕾说，曹非于你看病那么认真，下次我还会来找你，直到查出个满意结果为止，再见。曹非于忙说，再坐会儿，再坐会儿。待护士出去，曹非于忙掩上门说，姑奶奶我求求你了，你们哪天去做，我准时赶到。

"还要加以精神和物质补偿。"

"一定！一定！"

弘蕾离座正待走，曹非于从抽屉卫拿出一个精美礼盒西洋人参精口服液来交给弘蕾，这是我的一点小意思，送给你。

弘蕾像不认识似的上下打量着曹非于，看得他心里发毛说，别这样瞧我好吗？

半晌弘蕾说了，专门送给我的，那么韩虹呢？曹非于恢复了理直气壮的神情，这个你别管，那是我与她之间的事。

弘蕾冷冷一笑，笑得曹非于心里又一阵发毛。这么说你会给韩虹送去十盒人参精，或是送上一个黄金做的礼物，应该说更贵重的还留在后面？得了吧，要是你慷慨大方门口每个病人都呈上一盒，别忘了自己的诺言。说话间弘蕾飘然而去。

隔天，在邻县中医院门口左等右等不见曹非于的鬼影，弘蕾替韩虹打手机，一连五个电话，听了五遍《九妹九妹》，只听得歌声不见人声。护士催促韩虹两遍了，脸都拉长了，韩虹无奈只得叹着气进了手术室。弘蕾坐在手术室的长凳上狠狠地给曹非于发了条短信：人流手术很不成功，快来商议，邻县中医。韩虹从手术室出来，弘蕾上去搀扶她，韩虹环顾四周不见曹非于，白皙的脸上瞬间又像涂了层增白剂，眼光迷离，脸色惨白得吓人。

韩虹坐了会儿，侧过身来问弘蕾，我这事你没跟你老公讲？弘蕾说，吃饱了撑的，连伍媚也没告诉。从刚才韩虹投来狐疑的一瞥中，弘蕾读懂了她的心思。所谓最要好的小姐妹也是枉然，她最大的隐秘、把柄拿在自己手里，怕日久天长这隐私随着漫长时光渐渐渗漏出来。也许这话说得对，距离产生美。韩虹不是在担心曹非于的态度，而是在担心自己，弘蕾顿时产生几分懊丧。

接下来交钱，取药。走到门口准备打的走人时，曹非于的丰田车像鬼影一般飘然而至。姗姗来迟的曹非于，走下来很有气派地一按电控器，自我解释说临时有个主治医疗会议，这下手机都忘在家里了，又问，你们没给我打手机吧。弘蕾和韩虹懒得理他，只管朝丰田车走去，曹非于又一摁电控器率先上了车，并嚷着"快上车，快上车"。此时一个戏剧性的变化从天而降，车子掉头缓缓起步中，一辆疾驰而来的红色桑塔纳出租车吱嘎一声横在丰田车前，从副驾驶座位上款款走下一个富态臃肿又显得几分老态的女人来，这正是曹非于的老婆。曹非于已是吓得呆如木鸡。胖女人一把拉开车门冲曹医生说，好哇在外面搞小女人，肚子大了市里不敢做，跑到邻县来做流产。又朝两个筛糠一般的女人说，你们两个自己坦白究竟是哪一个？光天化日之下又是医院大门口，霎时间会聚起一大堆好奇的看客。众目睽睽之下，弘蕾和韩虹真是羞愧难当，弘蕾想让曹非于先开车再说，可周围都是人已将车严严实实围了。曹非于已经瘫软在座位上动弹不得，当情人和妻子两难抉择时，情人的筹码会变得无足轻重，等值计算方式明显发生了倾斜。此刻情人不如一件破衣服脱得快扔得早，转眼间曹非于竟不知了去向。弘蕾打开后座的车门走下来说，是我，你想怎么样？曹非于老婆倒吸了口气愣了愣，她大概没想到眼前这个女人会大大方方站起来跟她叫板，片刻的表情对峙后，曹非于老婆就上前揪住她说，打死你个小骚货。

"住手！"断喝中，韩虹从后面奔过来横在两人中间，说，我是当事者，她是陪客，你有什么话就冲我来吧。曹非于老婆冲韩虹上下一番打量说，应该是你没错，你勾搭我老公你破坏我们家庭，你骚劲上来可以上街去跟鸡一样拖男人。说着又要抡起手来，边上的人忙劝架拉住她。此时曹非于老婆余怒未消被架住动弹不得，伸腿朝韩虹小肚子狠狠一脚蹬去，只听得韩虹一声惨叫重重倒在地上，现场的混乱达到了极致。有人打110报警，还有人打新闻热线欲爆料。

　　韩虹被送进了急诊室，一会儿警察来了做完笔录还没离去，忽见扛着摄像机手握话筒的只有在电视上才看到的记者来了，先是胡乱地对着几位当事人拍了一通，然后找到弘蕾说是某某电视台《道德与社会观察》栏目组刚巧在这里采访，要求配合临时采访一下。弘蕾稍做镇定，然后平静地说，我们碰上了一个刁婆，其他我一概不知。一个记者不甘心地问，听说是婚外恋引起此事你怎么看？弘蕾没好气地说，我的看法是最好叫你们男人先管好自己的下半身。说完之后弘蕾忙躲到一边给伍媚打了电话，她觉得一个人扛不住事态发展，需要伍媚马上到来应付局面，伍媚听完她简单地叙述后说，三十公里路程，我保证半小时内赶到，又叮嘱弘蕾此时一定要保护好韩虹。

　　医生给韩虹开了一大堆单子，CT、B超、验血、拍片所有一切均要先交钱后办事。弘蕾排队交完钱，便到急诊室与护士两人推着病床车去检验科，路上弘蕾劝慰抽抽泣泣的韩虹，说莫哭我们没错，错的是他们。又轻声告诉她，伍媚马上就来了。韩虹说，电视台都将我人拍了去，我成了道德败坏分子，我怎么还有脸活下去啊。说着在病床上坐了起来手舞足蹈地说让我去死吧我不要做检查死了算了。正不知如何是好时，伍媚赶来了，护士瞧见有两个陪护的，心里也就松了一口气，将单子递给弘蕾，说劝她冷静后你们送她去吧。护士回急诊室了。

　　弘蕾和伍媚轮番上阵劝了一番后，韩虹好像想开了些不哭不闹了，于是就推车往前，走了十来步在一个洗手间门口时韩虹说我要上厕所，两人将她慢慢扶下，弘蕾对伍媚说你在外面看着车，我扶她进去，伍媚应诺。进了门，韩虹对弘蕾说你别扶，我能走，不信走两步你看看，说罢挣脱了弘蕾的搀扶。韩虹并没立即起步，而是朝弘蕾深邃而复杂地看了一眼说，弘蕾我们永远是好朋友，我真羡慕你后悔我自己。此时她整个身子颤动与摇晃着。弘蕾发觉情况异常时已经晚了，韩虹扭头三步并作两步地奔到了窗口。该死的卫生间的窗偏偏永远是打开的。韩虹从半腰高的窗口蹿了出去。紧随其后的弘蕾来不及叫喊忙乱中抓住了她的脚踝，怎奈韩虹整个中心在外，扑通一声从四楼上传下去的声音像一个巨大的感叹号重重地敲打在弘蕾心里。

韩虹的死在社会上引起一片哗然，同情者有之，骂她自作自受者亦有。作为旋涡的中心人物，弘蕾自然也脱不了干系配合警方调查，帮助处理韩虹的丧事。还来不及找那狗曹非于算账的弘蕾，就变得有气无力一副病恹恹的样子，她确实是病了，一点力气都没有整天想睡。

眼前不分白昼黑夜净是韩虹的人影，她与曹非于间有过轰轰烈烈山盟海誓，到头来化成一缕青烟绝望地走了。即使在这个风花雪月的世界里有过短暂的快乐与收获，与其付出高昂的代价相比，令弘蕾不寒而栗。为曹非于殉情还是为自己的彻底绝望，生命的意义如此不堪一击，可见韩虹是触到了无形的高压线。处于阴阳两隔的弘蕾整天哀思绵绵痛楚不绝，她向公司请了假选择闭门不出，因为一出门就会招致点点戳戳异样和审视的目光。她整日躺在床上一闭眼睛就是韩虹绝望凄苦的眼神。她憋着劲攥紧拳头默念道，我会替你出这口恶气的。可事实上出事后那狗曹非于选择了走为上策的方略杳无踪影，异常郁闷又愤怒烧身的弘蕾常常为之暗地流泪。此时唯一能倾诉的只有跟伍媚通上电话，互诉哀怨。

在家里她很想和老公狠狠吵上一架。老公能伸手揍她几下她也觉得舒服，这样至少可以证明老公在乎妻子的存在，她可以在号啕大哭中酣畅淋漓地诉说事情原委。可老公也沉默寡言着，在家里对她视而不见整天板着脸，韩虹出事那天她进屋门来和老公用眼神交流过，她朝他瞅了一眼，旋即又低下了头，那意思呢，让你受牵连了。老公嘴角抽搐了几下，而那冷冷的眼神，传递给她的信息是你还有脸回来，一去一回的两个眼神反倒让她镇定自如，身正不怕影子斜我又没做亏心事，她又用平和坦然的目光迎视，对方扭开了头。整个交流不分胜负旗鼓相当。接下来他们分床而居。弘蕾知道所有情况不用解释，越解释越显得此地无银三百两。

终于有一天，照例在老公冷漠中离家上班出门时，弘蕾拿起玻璃茶杯狠狠地朝地上砸去，地上顿时一堆碎玻璃碴。老公轻声说了句，神经病，自顾自地走了。她愣了愣，默默地流下了痛苦的眼泪。平常，她是不屑于这种粗莽的行为的泼妇，而如今变得不自觉地加入，这一切究竟是如何到来的呢？

在这些心如死灰的日子里，周健一次次来电话，表示愿意给她关怀，陪她聊聊。"你现在需要的是温暖，彻底摆脱冰冷世界对你的侵害。""谢谢你的好意，我现在只想一个人静处。"不到五分钟，周健又来电话以示关怀。弘蕾怒不可遏起来，"你再打我电话骚扰我，我每天晚上往你家打十个电话。打到你头疼为止，信不信自己瞧。"她知道这样的方式是彻底断了周健某种欲望，或许真的是好心好意，她应该平和地面对他的问候，问题是这个时间段里她不会有好心情，只能怪他不择时机错误地判断了她。因为在冷静的思索里，她常常为与他的几次交往中没有轻率地委身于他而感到暗自庆幸，她现在需要的是冷处理。心情坏透了的她也只能眼睁睁地看着老公整天天马行空独来独往。晚上他愿意回来就回来，不回来弘蕾也不问及。

一天她突然接到一个电话是张淖打来的，她以为是伍媚的事，饶有兴致地听着。却不料张淖绕了个大圈，说有个问题我考虑了很久，决定还是跟你提起，因为你是我这两年来一直敬佩的人，你始终没有跨出那一步，跨出去很容易收回脚步很难，你是我见过为数不多的女人，前不久我承认跟一位女当事人交往甚密，引起过你和伍媚反感。她的绰号叫小蝴蝶，在某会计师事务所工作，在我的帮助下与丈夫离婚案诉讼成功。人长得极其标致，一头金黄色的披肩长发，我对她曾动过念头，其实此前她在外已经有了一个男友，现在离婚成功便将男友身份公开亮相。我知道是政府机关里的，明天傍晚在某酒店二楼桂花厅待客，届时她携男友准时出席。"这关我啥事？"弘蕾嘟囔一声，一时还没反应过来。

"有句话讲，多一事不如少一事，但这事是截然相反，或许对你有帮助，有空悄悄去看看，再见。"张淖意味深长地挂了电话。

第二天弘蕾对着镜子做了一番仔细打扮，脸色憔悴，略显心里不济的疲惫，下眼睑松弛，眼前边堆出几许细细的鱼尾纹，这些她用粉饼补缀，嘴唇干涩苍白一副缺血的表情，这需要口红来似有似无地轻许涂抹。头发更要梳理得无一根杂丝，盘好发髻用叉针插上。装素淡雅再配上一套浅灰色的短裙，她就是一个风姿绰约的职业女性的形象，这样似乎很严肃，她要放松自己，又择了件白色碎花小点的连衣裙更显得休闲自然。剩下的是脸部表情的准确定位，镜子前立即映出张抽象派画家的人物肖像画：刻板的、朦胧的、荒诞夸张的都是不甚满意之作。费了一番周折和苦思，最后定格在一张写实内涵上与往昔精神内容趋向一致的画卷。

出门了，面对着众多熟悉的目光，她的步子迈得十分轻盈，不再像跟周健约会时风情女人那种款款步子，而是大步流星神采奕奕。傍晚前，她早早地坐在离那个酒店几步之遥的一辆的士里，车窗上贴着遮光膜，但这不妨碍里面看到外面的视觉效果，相反外面看里面只能得到黑乎乎的感觉，坐在车里等人时很乏味枯燥，甚至有些莫名紧张。夏季昼长夜短，当大街上的路灯开始一盏盏亮起远处霓虹灯光开始闪烁时，弘蕾骤然紧张的心情反而得到了某种放松，因为她知道该结束的总是会来的，她躲不掉这个现实。此时她看到了那辆熟悉的小汽车、熟悉的人影，这点在来的路上她已经想到了的。只不过与之相反的是不听使唤的眼泪还是蜿蜒淌下，片刻她整了整衣服下意识地捋了下头发，用纸巾擦拭着眼睛。

"您有事？"的士司机问。她朝司机努力挤出一丝笑容说，没事，开车吧。

的士缓缓驶离。城市最美不过晚上，前面霓虹灯闪亮的光束下，一对对情侣亲昵地手拉手漫无目的地逛着，她突然涌上了个滑稽的想法，这中间有几对是真正的伴侣？鬼知道是否"任性之爱"呢！最亲密的人已变得陌生模糊。移情别恋，这个世界上假的却在每时每刻地演绎着真实的故事。

是的，生活已然发生了变化，规律无常，结果连她也变成了一个无助的孤独者，所有的一切明天她该如何应对？她似乎有底，又仿若惘然。忽然她不经意间笑了一下，自己也分不清是庆幸的笑还是苦涩的笑。

该过去的都会很快过去，即使美丽无与伦比的昙花，也不过匆匆一现，这世间还有什么不是一晃即逝，莫不曾经沧海。

杨得志巧计活捉 "野骡子"

在陕甘宁地区，一直流传着杨得志将军奇袭国民党骑军旅，活捉了 "野骡子" 旅长冶成章，成功收服骑兵旅，带领广大军民抵抗外敌、团结抗日的故事。

话说这杨得志将军可是个传奇人物，年少有为，十七岁就参加了中国共产党，一路南征北战，在部队那可是个大名鼎鼎的开路先锋，红军长征中，他用兵如神，打过许多胜仗，如他组织十八勇士强渡大渡河，在被敌人视为插翅难飞的天险防线上，打开一个缺口，为中央红军北上开辟了一条通道，创造了红军不可战胜的神话！一九三六年中共中央和陕甘支队到达陕北后，二十五岁的杨得志就当上了红一方面军第二师师长。

为扩大陕甘革命根据地，红军主力相继发起东征、西征战役。杨得志所带的红一方面军第二师正是西征的主力。

一九三六年五月二十八日，杨得志带领的红军西方野战军左路军向曲子、环县方向前进。国民党当局急调马鸿宾部三十五师一〇三旅、一〇五旅于元城、庆阳、曲子一线堵截。六月一日，左路军红一军团红二师与大名鼎鼎的三十五师一〇五旅旅长"野骡子"冶成章在曲子镇狭路相逢。

冶成章也不是省油的灯，他是陕甘宁一代最大的军阀马鸿宾部下的三大勇将之一，骁勇善战，外号"野骡子"。所带骑兵旅个个都是不怕死的回族野汉子。据说他们打仗全部把衣服系在腰间，赤膊上阵，手举明晃晃的三尺长的大刀，杀人如剁白菜，眼都不眨。

曲子城是通往宁夏的咽喉要地，国民党环县政府所在地，城内驻扎着国民党马鸿宾部一〇五旅的一个特务连和第三十五师骑兵团的一个排，共三百余人。一〇五旅旅长冶成章在完成堵截部署后于前一天也回到曲子城。六月一日下午三时许，由红二团担任主攻任务，红五团助攻，发起攻城作战行动。红军从城东南角突破防线，攻入城内，与守敌冶成章部展开巷战。冶成章部疯狂反扑，入城红军部队立足未稳，就被挤出城外。

见冶成章如此骁勇，杨得志重新调整战略战术，他知冶成章的骑兵横冲直撞，好是厉害。心知不可力拼，只可偷袭。便一边佯装烧火做饭，一边安排突击队化装成难民摸道进城。

夜渐渐黑了，城内守备也渐渐松懈了下来。突击队悄悄摸到马槽，放了一把火，几十匹烈马受惊四处乱窜，城内守备队伍顿时大乱。

一见火信，杨得志率军立即发起进攻，至晚上十时许，战斗结束，共击毙国民党官兵一百余人，缴获各种枪支二百余条，追击炮二门，骡马数十匹，骆驼十余峰，汽车五辆。特别令战士们高兴的是，"野骡子"冶成章腿部受伤被活捉。

师参谋长走去向杨得志报告："师长，这'野骡子'还真野，医护人员给他包扎伤口，他硬是不让，还骂骂咧咧地说，你们这是打的啥仗？背后放暗箭耍阴的算啥本事！"

杨得志听了开怀一笑："是吗？早听说这匹'骡子'野性十足的，把这匹'野骡子'牵来给我看看。"

不一会儿，两个红军战士押着受伤的冶成章上来了。

只见冶成章个子高高的，长得结实，五十岁上下，穿一身军官服，半边领章和帽徽不见了，敞胸露怀，头发蓬乱，一瘸一拐地走了过来。

杨得志让警卫员拿凳子让他坐下，他不肯坐，但汗珠直往下滴；杨得志又让医护人员给他上药，这一次他没有拒绝。

警卫员对着冶成章小声提醒说："这是我们的师长，你要放尊重一点。"

冶成章瞪了杨得志一眼，粗声粗气地嚷道："亘古以来没有这种打仗法，不宣而战，背后放箭。有本事要明对明，一抵一地干，哼！"

杨得志听了仰天一笑："哈哈，自古以来，就有不宣而战和突然袭击的打法，可惜你这位旅长不知道。你听说过《孙子兵法》和三十六计吗？"

冶成章听了眨了眨眼睛，还是很"硬气"地说："算老子倒霉，栽在你们这群王八羔子手上，反正这旅长当不成了，要杀要剐，悉听尊便！我不怕死！"

杨得志看了冶成章一眼，继续说："早听黑马骑兵团马佩清提起过你，知你也是一条硬汉子，现在日本鬼子打进了中国，作为一个中国人，你小子不但不抗日，还在这一带烧村庄，毁牧场，抢牛羊，打红军，害人民！你们对人民是犯了罪的！对全国同胞是犯了罪的！我们打你们是为了把你们'打醒'，希望大家联合起来共同对付日本侵略者！"

原来，杨得志同志去年八月捉放过冶成章的手下——国民党黑马骑兵团团长马佩清，号召他以民族大义为先，抗日救国。

冶成章一听这话，猛地站起身来，问道："你就是当时那一个发了三块银圆放马团长回去的杨得志大队长？"

"正是在下！"

这时，底下守卫带进来一个三十多岁的妇女和两个十多岁的小男孩，妇女哭哭啼啼地跪倒在地，一个劲地求饶。她从身上掏出一些金条、手镯之类的东西，磕头道："放了我们吧，放了我们吧！你们要多少钱我都给！"警卫员附在杨得志耳边，小声告诉他这是冶成章老婆和冶成章两个领养的孩子。

冶成章跛着腿急忙走到孩子们身边，把两个孩子领到杨得志面前，让孩子跪下："快，快磕头，这就是你们生身之父的救命恩人啊！"

杨得志听后哈哈大笑，说："哈哈，你们不用害怕，红军从来不杀俘虏，更不会收老百姓一分钱。我们不仅可以把你们放回去，还可以把冶旅长放回去！希望你回去后，不再坑害包括回族同胞在内的人民群众，而去打侵略我们中国的日本人！"

杨得志赶忙扶起孩子。原来，杨得志同志去年捉放国民党黑马骑兵团团长马佩清后，马佩清当即收敛了平常的作为，豪情满怀地带兵去了抗日战场，临前抱有为国捐躯的英雄气节，将身边两个小孩托给无生育的冶成章旅长抚养。

冶成章突然扑通一声跪到地上，脸面朝天祷告道："真主在上，我冶成章今生今世绝不同红军打仗，再不做伤天害理的事了！"说完，他又转脸向杨得志，"杨师长，本人败在红军手下，口服心服！"

杨得志上前扶起冶成章："就是嘛！你一定要记住，我们的枪口决不能对着自己人，更不能对着人民百姓，而要共同抵抗日本侵略者！"

冶成章语气坚定地回答："好！我答应你！现在就带领部队上抗日战场！在走之前，要请杨师长也答应我一件事。"

杨得志一怔："是啥事？请说。"

冶成章把两个孩子拉过来，要他们跪下："杨师长，请你认下这两个可怜的孩子吧！傻孩子，还不快叫干爹！"

两个孩子赶紧抬头齐声地叫："干爹！"

杨得志见了忙阻止，双手扶起两个孩子："慢！这可不行！我们共产党可不信这一套的！不过，你放心，你像马佩清团长一样勇上抗日战场后，这两个孩子可暂由我们红军抚养。你们去好好杀敌吧，直到把鬼子赶出中国！"

冶成章感激万分地说："请杨师长放心！您的话我会永远记在心上！一定做一个爱国爱民的军人，不惜为国捐躯！"

说完，冶成章整了整戎装，向杨得志行了一个标准的军礼。

此后，冶成章率部高举抗日大旗而去。陕甘宁苏区旌旗飘飘，当地百姓一片欢腾，夹道欢送红军继续前进，奔赴坑日前线……

杨得志将军奇袭国民党骑军旅，活捉了旅长"野骡子"的故事传开后，陕甘宁地区群众专门编作了一个曲子诵唱：

红军来到陕甘宁，解救平民老百姓。

"野骡子"旅长来相助，军民团结抗日军！

脱贫攻坚石头村

引　子

"坚坚哥，石头村这么穷，你怎么回来了？"

"云紫，这里是生我养我的家乡，正因为穷，这里才更需要解放思想，才更需要远离贫困，才更需要实施'精准扶贫'。"

"好的，坚坚哥，不管有多难，我们都会跟你一起努力的。"

————石头村恋人坚坚、云紫心语

第一章

湘东边陲有个石头村，石头村盛产石头，放眼望去，方圆几十里全是一望无垠的小石山、大石崖，一条细小的山路，东弯西拐，经过九九八十一道弯，才勉强通到村东口的回龙庙。石头山最有名的是"鬼门关"，这地方，路窄坡陡，且又是个急转弯，汽车拐弯要倒三次车，才能转过去，稍有不慎，汽车便会滚下深渊，车毁人亡。坚坚记得他爷爷告诉他说，他爹爹就是在这个"鬼门关"悬崖上修路时摔下去的。

石头村满是石头，很少有泥土，种树种庄稼都长不好，改革开放三十多年来，村民们一直固执地守在石头山窝里生活作息。前些年，市、县、乡一些干部也曾想帮助该村脱贫致富，可是扶助不起来，哪怕挨家挨户去宣传发动也好，抑或是市县扶贫领导下来做工作也好，没辙。为啥？石头村这些思想僵化的村民现实得很，未能谋划长远，眼中只死盯着上面拨付的资金有多少，每次有点资金下来，就被大伙儿一窝蜂胡乱分了挥霍了，而对于上面要求大家集资办个啥企业共同致富的倡议，则少有行动的，加上全村确实没有几人有闲钱，故而石头村一直穷酸到现在，没啥改变。

千百年来，石头村人也有个幻想——村前院后这一堆堆石头，能有朝一日生变成一坨坨黄金。但一年又一年过去，一年又一年过来，石头还是石头，没有一点"黄金"变化。亘古以来，石头村流传着这几句皱巴巴的顺口溜：

石头村，石头山，
抬头四望皆石蛋；
日出晚归绕回转，
年年月月度日难。
莫怨天，莫怪地，
天生一窝苦穷汉；
要想石头生金蛋，
除非你是神下凡。

石头村有一个姓曹的老头，外号"糟老头"，人倔性强，酒量吓人，一顿两至三斤不嫌多，甚至没酒喝的时候，酒糟子都要挖几碗吃才过瘾，所以人们称他糟老头。

糟老头是个不幸的人。五六十年前他在石头村先是个招赘入户的，不料，这年石头村全村人突然滋生了一种怪病，糟老头的入赘父母都患上了，因家里无钱救治，双亲都先后离世，好在他老婆躲过了这一关生死，还给他留下了一个女儿，后来他女儿长大招赘结婚后，又给他生下了一个伶俐可爱的孙女，取名为"云紫"。谁知这一年，石头村又发生了一种传染性疾病，不少村人没钱救治先后去世，糟老头的女儿女婿也不例外，只留下这个五六岁的孙女云紫。在莫大的悲痛中，糟老头倍加呵护云紫丫头的成长。在糟老头的悉心抚养下，云紫妹子渐渐长大，倒也清秀得很，现在芳龄二十四了，尚待字闺中。

漂亮的凰，自然会有凤飞来。云紫好比一只漂亮的凰，身边簇拥一大堆凤，一个个竞展五颜六色的翅膀，缤纷耀眼，好让凰来配。可云紫嫌这些颜色太单调，不中意。这些人还不甘心，一个个遣媒婆登门拜访，这些媒婆嬉皮笑脸未开言，糟老头就扔过去一句话，婆我家云紫者，至少要拿得出两万元聘礼，否则，痴人说梦！媒婆们听后瘪嘴说，这石头村穷得叮当响，谁也拿不出这么多钱来。糟老头说，拿不出聘礼，你们就不要再来啰唆了。

第二章

天边刚出现一丝曙光，大地也刚从沉睡中苏醒，阳坚坚就驾驶着一辆大汽车，行驶在石头村山路上。

　　昨天，他对云紫说，现在改革开放快四十年了，许许多多的贫穷山村都相继富裕起来了，唯独我们这个偏僻的穷山窝还没跟上形势。他从省城回来，就是带着跟乡亲们一起大干一番的志向。他还谈了自己的看法，不久的将来，他想利用大自然赐予石头村的财富——取之不尽的石蛋变成"金蛋"，就地取材，开发利用，达到大家脱贫致富的目的。对于这些石蛋，阳坚坚十分钟爱，觉得块块是金、个个是宝。为了早日将这些"金宝"化为村民们的财富，他随即与当地有关部门取得联系，并谈了自己对石头村的扶贫工作思路和计划，当即得到了有关部门的支持。接着，他又悄悄与外地建筑公司签订了一份月产数十吨的石灰粉供应合同。除了用上国家扶贫资金投入若干石灰窑的建设外，阳坚坚决定率先成立一家农村石灰股份公司，让全体村民成为石灰公司股东，如果全村人能按照他的方法去做，就可把荒废的大石山变为大金库。他还进一步想到，石头村除了建窑烧石灰赚钱外，同时还要开凿石山建一个石料加工厂，然后再成立一家石雕公司，如此一个科学发展步骤，形成一系列石头利用与开发的发展产业，可以全面盘活石头变"金宝"经济，让穷窝窝的石头村翻身一变成为一个农村经济开发区。于是，他吩咐云紫第一步去各家各户动员，如果有谁愿意跟着他干，每户先投资两百元，入个股，筹资成立石头村石灰股份有限公司。谁知他们刚说到这儿，就听得糟老头赶来大喝一声，打断了他们的话题。

　　东方的曙光喷薄而出，阳坚坚驾驶着汽车盘山蜿蜒而上。这是一条刚修建的毛马路，路面全是高低不平的石块，坑坑洼洼，很不好走。在这样的路面上行驶，没有过硬的驾驶技术是寸步难行的。但对阳坚坚来说，尽管算不得什么，但他还是小心翼翼地驾驶着。汽车在坑坑洼洼中扭舞一样地跳着，前方就是石头山有名的"鬼门关"。幸好阳坚坚有一身过硬的驾驶本领，只见他紧握方向盘，左拐右拐，谨慎地转出这个极为险峻的地方。

阳宝山已然一个白发苍苍的老头了。这些年来，他过得很不舒服，自从早年里糟老头的老婆因他的胡作非为去世后，他整日里坐卧不安，浑浑噩噩地过日子。改革开放以来，他越来越感到自己的末日就要来临，正是全体村民心里恨着他，所以村里的工作，他一而再再而三地推说自己病了老了就退了出来。石头村信息闭塞，加上乡亲们也一直无兴趣参与村务管理，所以，尽管改革开放已经好多年了，但这个村的支书位置一直空着，没有谁出来担着。自改革开放分田到户后，村民们觉得村支书有没有无所谓了，也无关紧要了。正是这村里选不出合适的人出来做带头人，这些年里，市、县、乡扶贫干部先后来过这里，但都徒劳无功。

几年前，孙子和云紫开始相好之事，阳宝山和老伴极力反对。原因有二：一是他与糟老头有血海深仇；二是自己是个体面的家庭，怎能与糟老头这穷光蛋结亲？但阳坚坚一句也听不进去。孙子读大学去后，他反倒去了块心病，认为孙子一去就是好几年，云紫肯定等不得。再者，羊刭又在死皮赖脸地纠缠云紫，他巴不得他们早日成亲，死了孙子这条心。可云紫对羊刭的死死追求一点也不动心，气得羊刭负气出走。没料到，孙子会主动申请回到家乡参加扶贫工作，于是云紫又很快与孙子好上了，而且爱得如火如荼、如漆似胶。这时的他表面上明智了许多，不再横加干涉，实际上，心里那层障碍依然存在。

阳宝山一连几个晚上未合眼，躺在床上一味地想心事。孙子从省城一回来，就说要带领全村人劳动致富。他问孙子怎么致富，孙子说就地取材，用屋前屋后这些石头致富。很少去外地的他听了，笑掉了牙齿。哼！孙子怕是患了神经病，这样的石头若能卖上大钱，咱祖祖辈辈早就把它卖光了，哪里还等到你们这一代。孙子说，他要把黑石头烧成白石头，也就是那种白刺刺的石灰粉粉，用来支援社会主义新农村建设。他听后，肚子都笑疼了，把孙子狠狠地训斥了一顿，你这个兔崽子，异想天开，把石头烧成灰能那么容易吗？孙子说，只要拖来煤炭即可，用煤炭做助燃剂，煅烧一段时间后，再硬的石头也能烧成灰。煤炭？哪里有煤炭？孙子说，外面很多的，离我们村五十里的四平村就已经办了一个小煤矿。哈哈哈，山区这么偏远，拖运煤炭也没那么容易。孙子说，好，明天我去运一车回来让你看看。

鸡叫了三遍，天已微微地露出了曙光，孙子房里传来一阵窸窸窣窣，这是孙子穿衣发出的响声。不一会儿，又听得孙子开门的声音，紧接着又听得汽车的引擎声，"嘀嘀"，孙子按了两下喇叭轰隆隆地将货车开走了。这辆车是孙子刚买回来的，买车的钱是从银行里借贷出来的。那天，车一开进村里，全村男女老少敲锣打鼓迎接。老爷爷老奶奶，更是笑得合不拢嘴，一群光屁股的娃娃在车上溜来溜去，一群姑娘围着阳坚坚嘻嘻哈哈。"阳伢子，你为村里做了件大好事。从此，我们出门不用肩挑啦！"

一个年近花甲的老汉上前拉起阳坚坚的手说："从前，我在外走村串户，看见外面的人用车子装货，我好眼红。我想，要是我们那儿有辆车该多好！想不到，今天终于实现了，我为你披红挂彩！"这老汉说罢，从怀里掏出一条红绸披在阳坚坚身上。

"坚坚哥，我们姑娘为你献上这束美丽的鲜花！"云紫深情地把一束鲜花献了上去。阳坚坚正要伸手去接，冷不防一只手横夺了过去。阳坚坚扭头一看，只见糟老头怒气冲冲地把那束鲜花扯得粉碎，狠狠地扔在地下，嘴里不停地骂道："不要脸的家伙，竟敢勾引我孙女！"边骂边把云紫拉走了。

孙子开着车越来越远去了，渐渐地听不见马达声了。这兔崽子，今天起得这么早，干什么去了？阳宝山躺在床上想。忽然，他跳将起来："这兔崽子，太放肆了，连爷老子的话也不听了，这个家要败在他手里了。"阳宝山一想起孙子昨晚对他说的话，就一阵烦躁。昨晚，孙子还说，村里底子薄，毕竟市、县政府拨下的支持扶贫资金有限，加上村民筹资入股热情也不高，所以还得靠自己多想办法，他决定明天先去县农业银行贷款一百万元，再购买几台运输汽车组建村运输队，其余的均用来作为烧石灰粉建窑的投资。

阳宝山一听"贷款"二字，一跳八尺高，气冲冲地把孙子训斥了一顿，骂他是败家子，前面买的那辆车的钱还没还，又去挪新账，这一辈子恐怕永远栽进钱坑里，再也爬不出来了。阳坚坚不恼不怒地劝解爷爷，说这样做是为了众人，只要村里人都富裕起来了，他就是上刀山下火海也心甘情愿。

阳宝山对孙子的行为大为不满，生气地怒骂："别人的事用得着你管，常言道：'各人自扫门前雪，莫管他人瓦上霜。'只要你自己富裕起来了，别人富不富裕关你屁事？"

阳坚坚坚决地说："我是一名党员，一名响应国家提出扶贫攻坚号召的青年干部，全村人的幸福才是我的幸福，我有责任和义务帮他们脱贫致富。"

阳宝山说："你是党员，我老早就是党员了，可是这村里的人都是顽固不化的石头，我们付出再多都改变不了的……"阳宝山说到这里说不下去了，他想到了自己死去的儿子阳路平，想着自己几十年为村里所做的努力，想着这闭塞的自私的村民，他是一名老党员，应该要有孙子一样的责任感啊！可是，可是……阳宝山担心的是，一大笔扶贫的钱从哪里来？不可能全村人都由孙子一人去想办法啊！现在，孙子果然去县银行贷款了，这还了得，一定要把他追回来。想到这里，阳宝山猛然冲出门去。

外面一片朦胧，四周的石头山峰隐没在晨雾之中，一条绢带样的公路盘山蜿蜒而上，像一条巨龙在晨雾中腾飞。阳宝山走在这条路上，两腿生风，呼呼呼地往上冲。他想尽快追上孙子。可刚到半山腰，就感到体力不支了，气喘喘地坐在一块大石头上。他抬头往山顶望去，孙子的汽车早无影无踪了。"这兔崽子，跑得真快，等你回来再教训你！"歇了会儿，他站起身来想回家，转而一想，这样一条山路，孙子是怎么驶上去的？他看着路上坑坑洼洼的，暗暗地佩服孙子的驾车本领。这条石块路，是他三十多年前冬天带领全村人干了一个冬季，才在这坚硬的石头上开出来的。

那时，正值党的"十一届三中全会"召开不久。有一天，上级派来几位领导视察，看到这里交通闭塞，文化落后，人们愚昧无知，无不担忧。"要想富，先修路"，因此，那几位县、乡领导找到老支书阳宝山，要他带领全村人修建这条公路。那时，没有新人当村支书，他还在硬着头皮顶着，但他感到体制改革的力量步步进逼自己，也巴不得有一个机会显显自己的才干。在修建这条公路时，他欢喜了好几天，一马当先领导全村人日夜苦干。这条路修建好时，那几位领导还夸赞了他几句，他当时很是得意。现在，他走在这条公路上，很为自己的功劳自豪。

走到"鬼门关"的地方，他探头朝下一看，骇得舌头都吐了出来，"若是从这里摔下去，尸骨都见不着。"他为孙子的安全担心起来。"菩萨保佑，但愿孙子平安无事。"他默默地祷告了一会儿，才离开这里。突然，又一个念头涌上他脑门：孙子说要用上这些石头搞致富，我倒要去看看这些石头是怎样变成金子或银子的。离开公路，他沿着一条小道往前走，一边走一边瞧，这些石头黑黝黝的，嶙峋古怪，有的像牛，有的像大象，静静地卧在那里；也有的像笋，笔直地耸立着；还有的什么也不像，横七竖八地躺在那里。

"这样的石头能这么容易卖钱？石头村的公鸡要生蛋啦？鸡婆要报晓

啦？"阳宝山心里嘀咕着。

下午，阳坚坚回到家里，一进屋，阳宝山就黑着脸问道："今天起得这么早，干什么去了？"

阳坚坚道："我跑了趟县银行，顺便又从四平村煤矿山运回一车煤。"

阳宝山一听孙子跑了一趟银行，怒火霍地蹿了上来："你这个败家子，闯祸不怕天大，借了那么多钱买车不算，又替全村人借款，你拿什么还呀？还不快给我退回去！"

"爷爷，听我说。"阳坚坚平心静气地说，"县银行见我们贷款数目大，得要几天筹集时间，我只好先把自己参加工作以来存的那笔钱取出来，买回一车煤。请爷爷息怒。"

阳宝山一听孙子还没拿到钱，火气熄灭了一半，但还是不相信地说："你骗我，我要搜。"

"搜吧。"阳坚坚走近爷爷身边。阳宝山在阳坚坚身上搜来搜去，触到硬邦邦的东西就拿出来瞧瞧。

最后，全身搜遍了，一无所获，笑眯眯地说："我就知道你贷款不那么容易。"

这时，阳坚坚的奶奶从外面进来了，她手里提着一剂草药，递给阳坚坚说："快把它捣烂，给你爷爷敷上。"

阳坚坚接过草药，迷惘地问道："爷爷怎么啦？"

"你看看你爷爷那只手，肿得像个红萝卜。"坚坚奶奶苦着脸说。阳坚坚看了看爷爷那只手，果然肿得通红，阳宝山隐约感到有点疼了，捂住那只手"哎哟哎哟"地呻吟。

"爷爷，你这手怎么了？"

阳宝山不吱声，阳坚坚奶奶说："你爷爷见你早晨开车跑出去了，他不放心，也跟着跑上山去，回来时摔了一跤。"

阳坚坚见爷爷如此，便上前去帮忙揉揉，不料被爷爷推开了。阳坚坚说："爷爷，你不是想看看煤炭是什么样子吗？我运回来了，快去看吧。"

"在哪里？"

"在车上。"

阳宝山急不可待地朝汽车走去，奶奶在背后顺便跟上说："坚坚他爷爷，敷好药再去吧！"

阳宝山头也不回地应道："等一下再敷。"阳宝山来到车上，果然是满满一车黑乎乎的煤炭。他有些疑惑道："让煤炭烧石头，就这么容易使石头变成石灰？以前只听说过，但从来没有亲眼见过。"

阳坚坚说："这煤炭燃起来威力大得很，不但能将石头烧成灰，就是钢和铁也能化成水。"

"这……"阳宝山越听越玄乎，摇摇头说，"兔崽子，你也行？是不是在吹牛了？"

"爷爷，等我亲手把石头烧成灰后，你再亲自来看看。"

这时，云紫来了。

阳宝山一见，脸顿时沉了下来。

阳坚坚跑上去说："云紫，今天动员得怎么样了？有多少人愿意干？"

云紫神情忧郁地说："我几乎家家走遍了，没有几户愿意干的。"

"是什么原因？"

"他们都不相信石头那么容易能烧成石灰。"

"这些人的思想怎么这么愚昧固执？"

"不怪他们，他们没有文化，见识少啊。"

"云紫，等我们把石头烧成功后卖了钱，首先得盖一所希望工程学校，让后代接受文化知识学习。"

"我也这么想。"

"云紫，我们再去动员一下。"

"先去谁家？"

"你说吧。"

"去村里最困难的邹大婶家看看吧。"

路上，云紫问道："坚坚哥，你今天早上去县银行贷到款没有？"阳坚坚点点头，又摇摇头。

"那是怎么回事？还要等？"

"不必着急，常言道：'车到山前必有路。'只要把全村人动员好了，其他建窑烧石灰钱的问题我负责。你先抓好烧灰窑的基础建设工作。"

云紫点点头。

来到邹大婶家，邹大婶坐在灶前伤心落泪，两个孩子坐在床上没精打采，邹大婶的丈夫几年前生了一场大病，曾经借了许多钱救治，但是她丈夫还是不治而亡。

阳坚坚道："邹大婶，哭什么？"

邹大婶声音哽咽地说："阳伢子，我家断炊两天了，孩子们都快饿死了。"

"妈妈，我们要吃饭。"两个孩子有气无力地喊道。看着骨瘦嶙峋的孩子，阳坚坚的心禁不住一阵酸楚。

"邹大婶，孩子们饿了，你去买点米回来做饭吧。"阳坚坚从身上掏出仅有的两百元钱递给邹大婶。

邹大婶推辞道："阳伢子，我不能拿你的钱。"

"孩子长身体要紧。"

"妈！妈！我们饿！"两个孩子眼巴巴地望着母亲。看着这两个可怜的孩子，她的心一阵阵抽搐，心想，孩子啊孩子，你们是我生命的全部，失去了你们，我活着也没有什么意思。为了孩子，我就收下这钱，等日后有钱再还给阳伢子。想到这里，邹大婶感激地说："阳伢子，我们忘不了你的大恩大德！"

邹大婶买米去了，阳坚坚来到两个孩子身边，抚摸着那个男孩，亲切地说："你叫什么名字？"

"叔叔，我叫小伟！"

"小伟，几岁了？"

"叔叔，八岁了。"

阳坚坚又抚摸着那个女孩问道："你叫什么名字？"

"叔叔，我叫翠翠。"

"几岁了？"

"六岁了。"

这两个孩子都已到了入校年龄，如果他们生长在富裕的地方，此时正坐在教室里听老师讲课。石头村离镇上学校很远，不少穷苦人家的孩子要过了十岁才会被送去读书。有的穷孩子干脆不读书，长大后就去赚钱养家糊口。生在这个贫穷落后的山村里，多数孩子只能忍饥挨饿。

"小伟，翠翠，你们想读书吗？"

"想！"两人回答得非常响亮。

"孩子，等叔叔把石灰粉烧成功卖了大钱后，就马上修一所学校，让你们能在村里读上书。"

这时，邹大婶买米回来了，两个孩子兴高采烈地喊道："妈妈！妈妈！快做饭！"

邹大婶下厨去后，阳坚坚问身边的云紫："云紫，还有谁和邹大婶一家有同样的情况吗？"

"有。洪史升和胡里平，一个老婆生病没钱医，一个家里米桶空空。"

"你去把他们叫来。"云紫答应一声就走了。

不一会儿，饭煮熟了，邹大婶把饭菜端到桌上，两个孩子一见，从床上翻下来，扑向桌面。吃罢饭，云紫领着洪史升和胡里平来了。这两人双眉紧锁，愁云满面。

阳坚坚道："二位不必着急，你们的困难也是我的困难，我一定会帮你们解决。"

两人道："阳伢子，如果你能帮我们解决燃眉之急，我们当牛做马报答你！"

阳坚坚道："云紫，你身上有钱吗？"

云紫说："我身上有两个五十元钱。"

"拿来给我。"

云紫把钱掏出来递给阳坚坚。

阳坚坚把钱分别递给两人说："胡大哥，你拿这五十元钱给孩子买米做饭吃。洪大哥，不够的话，明天我再给你想办法。"

洪史升、胡里平感动地说："阳伢子，你是个好心肠的人！"

"洪大哥，胡大哥，我有几句话要对你们说。"

"阳伢子，你说吧。"阳坚坚激动地说："我想领着大伙开凿石山烧灰粉卖钱脱贫致富，你们愿意参加吗？"

两人说："我们拿不出钱来投资入股。"

"我不要你们出钱，只要你们出力，折算成工钱投资，照样是股东。你们愿意干吗？"

"那好，我们就跟着你干。"

时间就是金钱，扶贫攻坚一天也不能耽搁。阳坚坚吩咐说："云紫，你明天跟邹大婶及两位大哥再去各家各户动员一下。"

云紫说："坚坚哥，当务之急就是先把钱搞到手，不能让人家饿着肚皮干。"

"云紫，你给我物色一下，村里有谁能借得出上万元钱的吗?"

"羊劬有。"

"羊劬? 他回来了?"

"羊劬昨天才回来，他在我面前炫耀说，他有数不清的钱。"

"吹牛!"

"羊劬喜欢吹牛，但几万元钱肯定拿得出来。"

"那我去借过来。"

"坚坚哥，羊劬对你恨之入骨，你去会碰一鼻子灰的。"

"云紫，好歹我和他曾有过兄弟相称，凭这一点关系，我向他借钱应急一下，不会不借吧?"

"那你去试试看。"

在一阴暗的角落里，有一双猫头鹰样的眼睛对他们虎视眈眈……

第三章

羊劬从糟老头家一回来，就喜滋滋地对自个爹羊荻嚷道："爹，马上去选个良辰吉日，我要和云紫成亲了。"

羊荻问道："羊劬，云紫同意了?"

"云紫同不同意不要紧，只要她爷爷同意就行。"

"羊劬，糟老头许诺过，谁能拿出两万元钱给他，云紫就归谁。"

羊劬道："我已给了他一千元钱了，那一万九千元钱明天我去补足就行。"

"羊劬，阳坚坚那小子没钱，只能眼睁睁地看着你把云紫娶过来。"

羊劬忧心忡忡地说："爹，阳坚坚虽说没钱，但云紫的心在他身上，要想把云紫娶过来，也不是一件容易的事。"

"你打算用什么手段把云紫弄到手？"

"爹，你先去把日子定好再说。"

"羊劼，我马上去黄道士家翻看老皇历。"

羊获走后，羊劼躺在床上，看着床头边那一捆捆崭新的百元大钞，他的思绪不由得悠悠地飘回那次离家出走后的往事上。

几年前，他离家出走县城，身无分文，饥了，就去偷别人的东西吃，有几次，被人当场抓住，打得半死。有一次，他饿倒在荒郊野外，被一位姑娘发现，把他背回家来，给他喂水喂饭。吃饱喝足后，羊劼顿时来了精神，一双贼眼在姑娘身上溜来溜去，见这姑娘生得如花似玉，顿起歹念，一个饿虎扑食把姑娘扑翻在地。姑娘骇得大喊道："救命啊！救命啊！"恰在这时，一个人从这里路过，听到喊声，冲了进来，羊劼见状，吓得双腿直哆嗦。

来人喝道："羊劼，你怎么跑到这里来胡作非为？"

羊劼一看是来县城办事的卜四叔，跪下来求饶道："卜四叔，看在乡里乡亲的分上，饶了我吧。"

卜四叔道："我可以饶你，但这位姑娘能不能饶你，问她去。"

羊劼向姑娘磕头如捣蒜道："大姐，都怪我一时糊涂，冒犯了你，饶我一次吧。"

姑娘道："我好心救你，你反而恩将仇报，我本想狠狠地惩罚你一番，但看在你悔过的份上，饶你一回。滚！"

羊劼从地上爬起来，如丧家之犬逃走了。

羊劼干脆走出县城，搭火车来到广州花都。这里人来车往，川流不息，非常繁华。街道两旁排列着数不清的水果摊、食品摊。羊劼本已饥肠咕噜，瞧见这些东西，顿时涎水直流。他想偷几个一饱肚腹，但摊主一步不离地守在那里，羊劼不敢下手。这时，有个十一二岁的小女孩走近摊子，掏出钱来买水果，羊劼看得真切，那小女孩身上有几十元钱，当那小女孩买好水果往回走时，羊劼尾追而去。

那小女孩走进一条偏僻胡同，羊劼见四周无人，就一个箭步冲上去，抓住那小女孩，恶狠狠地说："小鬼，把钱交出来！"小女孩吓得惊叫起来。羊劼一不做二不休，把小女孩掀翻在地，抢夺钱袋。小女孩拼命地护住钱袋，羊劼只得用脚朝小女孩乱踢，小女孩负痛松手。

眼看羊劼就要把钱抢走，这时，有一群人朝胡同里走来，看到这种情形，有人大喝一声："住手！"

羊劼一看势头不对，丢下小女孩就逃，那群人冲上去将羊劼逮住，一顿拳打脚踢，羊劼痛得哭爹喊娘："别打了，别打了。"

有一人走上来制止，道："你愿意跟着我们干吗？"

"你们是……？"

那人道："别人叫我黑老大，跟着我们一伙干就行！管你有吃有喝的！"原来，羊劼碰上了当地一个抢劫团伙。从此，羊劼乖乖跟着这个团伙干着违法的行径，靠抢偷拐骗混日子……

"羊劼！羊劼！不好了！"羊获惊慌失措地闯进来。

这一声惊叫，令羊劼惊醒过来。"爹，什么事，慌慌张张的？"

"羊劼，我看见云紫和阳坚坚走在一起，亲热得很啊。"

羊劼一听，暴怒道："阳坚坚，我要杀了你！"说完操起一把菜刀就往外冲。

羊获急忙扯住道："羊劼，你不是阳坚坚的对手，你去只能自己吃亏。"

"爹爹，难道就让那小子把云紫抢走？"

"云紫还是你的。"

"爹爹，不杀了阳坚坚，我如何得到云紫？"

"除掉阳坚坚，那是迟早的事，但不是现在。"

"爹爹，把日子择好没有？"

"后天。"

羊劫狂喜道："阳坚坚，云紫后天就是我的了！"

这时，溜巴子和丑老三来到羊劫面前。溜巴子献媚道："羊劫哥，你真能干，在外面发大财回来了，能不能借两万元钱给我？"

丑老三也讨好地说："羊劫哥，小弟愧不如你，袋中没有分文，如今想办一件大事，特向羊大哥求援，借两万元钱给我行不行？"

羊劫歪着脑袋问："借钱干什么？"

两人道："只因糟老头提出娶云紫者，要拿出两万元的聘礼。"

羊劫嗤笑道："你们两个也想娶云紫为妻？"

两人道："羊劫哥，我们想云紫想得快发疯了。"

啪！啪！羊劫左右开弓，赏了两人各一记重重的耳光。

两人被打得昏头昏脑："羊劫哥，不借钱也罢，为何要打我们？"

羊劫龇牙咧嘴道："我还想杀了你们！"

"羊劫哥，你是不是也想娶云紫？"

"我告诉你们，我和云紫后天就要成亲了，你们还想娶云紫，给我滚！"

两人道："羊劫哥，你不借钱给我们，我们不走。"

羊劫恼羞成怒："不滚也得滚！"边说边操起一把菜刀朝两人砍去。两人吓得抱头鼠窜。

羊获道："羊劫，他们来借钱，你多多少少要打发他们一点。"

羊劫道："爹爹，他们借钱还不是要和我争夺云紫，我岂能借钱给他们？"

羊获道："你们借钱可以，但你们得答应我一个条件。"

两人道："什么条件？"

"咱们联手对付阳坚坚。"

两人道："只要羊大哥肯借钱给我们，我们就与羊大哥联手对付阳坚坚。"

羊荻道："羊劲，先给他们每人一千元钱。再说，云紫后天就是你的了。可对付阳坚坚日子还长着呢，你一个人身单力薄，有了他们两人，你就如虎添翼，对付阳坚坚易如反掌。"

"爹爹，我明白了。"羊劲窃喜。

"那你借不借钱给他们？"

"借。"羊劲从身上掏出两千元钱来说，"你们以后得听我的，否则，我杀了你们！"

第四章

今天，阳坚坚又起了个大早，打算上羊劲家借钱。阳坚坚与羊劲小时候相处较好，尽管羊劲年龄比阳坚坚要大些，但羊劲身边少有伙伴，便经常过来找性情忠厚的阳坚坚一块玩耍，久而久之，两人逐渐有了些感情。但羊劲生性凶狠，经常抢同伴们的钱和物。有一次，羊劲又抢了一个小伙伴的钱，被一伙同伴围住，一顿痛打。羊劲被打得哭爹喊娘。这时阳坚坚冲上来，把同伴们拉开问道："你们为什么要打羊劲？"

同伴们说："他抢我们的钱。"

阳坚坚转身训斥道："羊劲，你不学好，被人打得好！"

羊劲求饶道："坚坚好兄弟救救我吧，我以后不敢抢了。"

从这以后，羊劲不敢与别的伙伴去玩，整天与阳坚坚在一起。可羊劲恶习难改，经常抢阳坚坚的东西吃，阳坚坚也不与他计较，把他当不懂事的伙伴照顾。随着年龄的增长，两人由亲变仇，这原因是云紫身上引起的。当云紫和阳坚坚的关系密切后，羊劝恨死了阳坚坚。今天，阳坚坚走在路上，想起这一不愉快的事，心里不免拥上层层乌云。

阳坚坚来到羊劝家，羊劝还赖在床上没起来，屋里响着乱糟糟的唱片歌声，听去好像是黄段子《十八摸》。阳坚坚听了，厌恶地皱紧眉头，鄙夷地骂了声"下流"。

阳坚坚犹豫了一下，还是上前敲了敲门，羊劝闷声闷气地问道："谁呀？"

"我！"阳坚坚大声回答。一听是阳坚坚的声音，羊劝咆哮道："你来干什么？"

"羊老兄，我们多年不见了，想与你叙叙旧，开门呀，羊老兄。"

羊劝伸了个懒腰，从床上挪下来，把门打开。

阳坚坚进得屋来，张开双臂将羊劝拥住说："羊老兄，咱们一别就是几年，我好想你呀！听说你这些年在外面发了大财，是吗？"

"是又怎么样？"

"羊老兄，借点钱给我做点事好吗？"

"你不是已当上国家干部了吗？又回来借钱干什么用？"

"羊老兄，我这次回家乡是想带领全村人脱贫致富，无奈手头暂时缺少资金，望羊老兄借几万元钱给我缓急，支持一下。"

羊劝阴笑道："你不是回来扶贫吗？怎么也没钱？你还带领全村人脱贫致富，别吹牛了！你怕是借钱去讨好糟老头吧！"

"羊老兄，此话怎讲？"

羊劝冷笑两声："当年糟老头不小心扔出一句话，谁能拿出两万元钱聘礼，云紫就归谁。"

"羊老兄，你误会了。"

"嘿！我羊劝不是傻瓜，你想拿钱去讨好糟老头，做你的美梦去吧！"

"羊老兄，你不相信我？"

羊劼狡黠地说："阳坚坚，你要我借钱给你，先得答应我一个条件。"

"什么条件？"

"你保证从此不再和云紫来往。"

"羊老兄，人与人之间怎能不来往呢？"

"阳坚坚，马上给我滚！"

阳坚坚见羊劼不好说话，就说："既然羊老兄不肯借钱给我，我也不勉强，告辞了。"说罢起身走了。

阳坚坚走后，羊荻吩咐道："羊劼，你马上去糟老头家把那一万九千元交清，顺便告诉糟老头明天是个良辰吉日。"

"是！"

糟老头其乐融融地坐在桌前，喜滋滋地品尝着羊劼送给他的那瓶湘窖酒。这是他第一次喝名酒，喝一口，就啧啧地赞美一声："好酒！真是好酒！"

正津津有味品尝之际，突然，从门口飘进一句话来："好香！糟老头，吃什么好东西呢？"

糟老头睁着双醉眼朝门口望去，只见卞四叔笑呵呵地迈进门来。这卞四叔曾当过村里民兵营长，因看不惯支书阳宝山胡作乱为，后来两人就闹翻了，老死不相往来。卞四叔过去在外走村串户，见闻较为广博，每天都要上他家坐坐，把在外见到的逸闻趣事一股脑地说给他听，两人可谓肝胆相照。这时，糟老头邀请道："老伙计，坐坐，喝两口。"

卞四叔坐下，望着杯中的湘窖酒，问道："老伙计，这湘窖酒可是名贵酒，是从哪里买来的？"

糟老头不无炫耀地说："是我孙女婿从外面买回来的。"

"你孙女婿？他是谁？"

糟老头一副不屑的神态说：“哎呀呀，老伙计，都说你见闻广博，其实你也孤陋寡闻，连我孙女婿是谁都不知道，告诉你，是羊劼。”

“羊劼？”卞四叔一听，立即皱紧眉头，摇着头说：“老头子，你怎么挑中羊劼做你的孙女婿？”

“羊劼有什么不好？”

“羊劼是个大坏蛋！”

“你胡说！”糟老头勃然大怒。

“老伙计，我说羊劼是个大坏蛋是有证据的。五六年前，我碰上羊劼欲欺负一个姑娘。”

“你别诬蔑他！”糟老头制止。

“你不相信吗？”

“当然不信，羊劼是好是坏，我心里有数。”

“老伙计，我把话说在前头，你把云紫许配给羊劼，就等于把云紫往魔鬼手里送。”

“老伙计，这种话你不要说了好不好，否则，我不客气了！”

“老伙计，当说的话我不怕你发脾气。云紫对我说，她喜欢阳坚坚，我看云紫的眼光蛮不错，阳坚坚这人很有出息，我也很喜欢他。那天他买车回来，我亲自给他披红挂彩。如果把云紫嫁给他，比嫁给羊劼强万倍！”

“住口！”只听一声号叫，像魔鬼在发怒。糟老头和卞四叔吓了一跳。羊劼豺狼般地冲到卞四叔身边，一把抓住卞四叔的衣襟，“啪啪啪！”连掴卞四叔几个耳光。卞四叔被打得嘴角流血。

“你敢说我的坏话，不要命了！”羊劼咬牙切齿地恶骂着。卞四叔知道羊劼凶如豺狼，加上自己年迈硬打不过他，便不与他一般见识，气冲冲地忙向糟老头告辞而去。

卞四叔走后，糟老头埋怨羊劲说："羊劲，你不该打卞四叔。"

羊劲咬着牙说："我打他是便宜了他，总有一天我要割了他的舌头！"

"羊劲，不要把卞四叔的话放心里，你和云紫的事由我做主，阳坚坚那小子我恨死他了，岂能把孙女嫁给他？"

"大爷，你跟我爹早有约在先，把云紫妹子许配给我。再是，你当年不是说过，谁拿出两万元，云紫就嫁给谁！"

"是的，我是说过这么一句话。你得拿出两万元聘礼才能娶云紫。"

"那好，大爷，我拿一万九千元钱给你。"说罢，羊劲从身上掏出一万九千元钱递给糟老头说，"这里是一万九千元，加上昨天一千元，正好两万元钱聘礼，云紫是我的了！"

糟老头见钱眼开，喜滋滋地接过钱说："羊劲，选好日子了没有？""选好了，就在明天。"

"好！"

羊劲忧心忡忡地说："大爷，明天来娶亲，云紫不愿意怎么办？"

"我把她捆起来，让你扛回去吧。"

"这不行，万一阳坚坚那小子知道了，会有麻烦的。"

"那怎么办？"

"我有一个办法，保管万无一失。"

"什么办法？快说！"

羊劲从怀里摸出一粒药丸，诡秘地说："这是一粒安眠药，你把它溶在开水里，让云紫喝下去，不一会儿，她就昏迷入睡了。"

"云紫睡过去后，怎么办？"

"我来扛。"羊劲耸耸肩。

"若是路上有人问，怎么回答？"

"就说云紫生了急病，送医院抢救。"

"这办法不错。"糟老头同意了。

羊刦上糟老头家去后，羊荻躺在安乐椅上神情悠然地吸着烟，那烟雾缠缠绕绕，在他周身箍匝，一圈又一圈，羊荻望着这些深不可测、变幻不定的烟雾，嘴角咧开一丝颇为满意的狞笑。

云紫站在村口等待阳坚坚从羊刦家借钱来，等呀等呀，一小时过去了，不见阳坚坚归来；两小时过去了，还不见阳坚坚的身影在大路上出现。云紫等得焦灼万分，心想：羊家父子对阳坚坚恨之入骨，此去借钱，羊家父子会不会对阳坚坚下毒手呢？但她了解阳坚坚的秉性，即使羊家父子对他恶言恶语，他也会以礼相待，实在话不投机时，会知难而退的。想到这里，她稍稍地静下心来，坐在路边耐心地等待阳坚坚归来。

好一会儿，才见阳坚坚远远地朝这边走来，她急忙跑上去。

"坚坚哥，借到钱没有？"

阳坚坚摇摇头。

"坚坚哥，你向羊刦借钱，他怎么回答？"

"他要我和你断绝往来。"

云紫愤愤地说："死了张屠户，也不会吃无毛猪。他羊刦不肯借钱给我们应急，我们还是有办法的，坚坚哥，你说是不是？"

阳坚坚点点头，满怀信心地说："我打算明天再上县里一趟，找扶贫办想想办法，他们很支持石头村的扶贫工作，上次他们还应允要扶持石头村筹备建立石料加工厂呢！"

这时，邹大婶和洪史升、胡里平一起过来了。

阳坚坚问道："你们动员了多少人？"

邹大婶道："只动员了五十来人。"

阳坚坚道："有这五十来个人也可以。云紫，你明天把他们集合起来，马上动工！"

第五章

朝霞染红了半边天，阳坚坚又驾驶着汽车在那条坑坑洼洼的公路上行驶着，当他拐过那"鬼门关"的地方，将车停了下来，眺望着这一片片黑黝黝忽又白刺刺的石头，层层叠叠，真可谓取之不尽、用之不竭，大自然赐予人们的财富，从盘古开天就躺在这里，祖祖辈辈的人从来没有想过用它换取财富，而今，这些石头很快就要派上用场了。阳坚坚越看越觉得这些石头可爱，越看越觉得这些石头本身蕴藏着无穷无尽的价值。眼下，这些石头在朝霞的晕染下，发出金灿灿的光芒，犹如一坨坨黄金。等烧出了第一期石灰窑赚了钱后，第一步要把这公路修好。要想脱贫致富，先修路很重要。阳坚坚踌躇满志。

"石头啊石头，你们不用再躺在这里睡大觉了，我要把你们快点震醒过来，好为我们石头村造福，同时也为我们伟大的社会主义新农村建设造福！"他仿佛看到一堆堆雪白雪白的石灰粉，刹那间又变幻成一捆捆崭新的钞票。

邹大婶把那五十来个人集合在村前的操场上，单等云紫到来，可左等右等，不见云紫的身影。

"云紫怎么还没来？"邹大婶焦急起来。

洪史升道："云紫是不是忘记了？"

邹大婶道："不可能。"

"那是什么原因？"

"肯定是有事脱不开身。"邹大婶说，"洪史升，你和胡里平先领他们上山，我去云紫家看看。"

"是。"两人领着这一队人马向山上开拔。

云紫起床后，正准备上操坪集合，糟老头迎面拦住，手里端着一杯热茶，笑嘻嘻地说："云紫，爷爷为你泡了一杯茶，喝下去吧。"

"爷爷，我不渴。"云紫推开爷爷的手。

"云紫，你不领爷爷的情。"糟老头伤心起来，"云紫，爷爷一生只落了你这么一个孙女，本指望咱爷孙俩和和睦睦地过日子，想不到，爷爷的一片苦心白费了。"

云紫见爷爷伤心起来，忙安慰爷爷说："爷爷，你对我的养育之恩，我永远不会忘记，我会好好地孝敬你老人家的。"

"云紫，那爷爷给你泡了一杯茶，为什么不喝？"

"我不渴，再说我还有急事。"

"再急的事喝杯茶能耽误多少时间？"

云紫见爷爷这么固执，又想想邹大婶他们正在操坪上等着她，只好说："爷爷，我喝。"

云紫接过茶杯一饮而尽。糟老头窃喜道："这才是我的好孙女！"

云紫突然感到头昏目眩，浑身无力。

"爷爷，你在茶里放了什么？"

糟老头得意道："云紫，我在茶里放了安眠药。"

"爷爷，你为什么要这么做？"

"我今天要你做羊劼的新娘子。"

"爷爷，你……"云紫猝然倒下，不省人事。

云紫昏睡过去后，糟老头就盼望羊劼来扛。很快，羊劼幽灵般地闪到糟老头身边，急不可待地说："我马上把云紫扛回去。"说罢，把云紫往肩上一甩，急急地走出门去。糟老头紧跟在后。

羊劼一路走着，突然，有人拦住他的去路，羊劼抬头一看，是溜巴子和丑老三，就大喝一声："滚开！"

溜巴子道："羊劢哥，你扛着云紫去哪里？"

羊劢吼道："你们瞎眼了，没看见云紫生了急病，我送她去医院。"

两人见云紫生了急病，忙让开一条路，羊劢立即往前冲去。

丑老三叫道："羊劢哥，你走错路了，上医院应该走这条路。"羊劢理也不理。

溜巴子道："丑老三，我看羊劢形迹可疑，云紫是不是被他打昏过去了？"

丑老三道："我看云紫不像生病的样子。"

溜巴子道："我们追上去看个究竟。"

羊劢走了一段石山路程，累得气喘吁吁，大汗淋漓，把云紫从肩上放下来，瘫在地上喘粗气。这时，溜巴子和丑老三赶了上来，羊劢上气不接下气地说："二位来得正好，帮我羊大哥一个忙吧。"

两人道："大哥，我们帮你把云紫背到医院去。"

羊劢慌忙道："不！不！背到我家里去。"

两人道："你不是说云紫生了急病，不赶快送医院抢救，如何是好？"

羊劢道："兄弟面前我不说假话，云紫是被我下药昏睡过去了。"

两人道："羊劢哥，你为什么要这么做？"

"明天是我和云紫成亲的日子，可云紫不情愿，不麻翻她，我得不到手。"

两人道："羊劢哥，我们背不动。"

羊劢道："只要你们帮我把云紫背到家，给你们一人一千元钱，如何？"

"一言为定！"两人顿时来了精神，背着云紫往羊劢家跑去。

糟老头毕竟是上了年纪之人，行动缓慢，没走多久，就被羊劢远远地抛在后面，走着走着，邹大婶拦住道："大爷，云紫为什么被羊劾扛着？"

糟老头支吾道："云紫生了急病，让羊劾送医院去。"

"送医院应该走这条路，可羊劾为什么往家里跑？"

"羊劾回家取钱。"

"救人如救火，刻不容缓，应该先把人送到医院，然后再去取钱。"

"那我去追羊劾，叫他先把人送医院去。"糟老头慌忙离开邹大婶，急急地往前走。邹大婶见糟老头行为反常，心想，这里面定有蹊跷，我得去看看，就朝羊劾家走去。

丑老三和溜巴子把云紫扛到羊劾家，羊劾命令道："出去！"

两人道："羊劾哥，钱呢？"

"没有！"

两人暴跳道："羊劾，说话算不算数？"

"不算数又怎样？"

"不给钱，我们不走！"

"我杀了你们！"羊劾操起一把菜刀，朝两人砍去。两人吓得抱头鼠窜。

羊获见了急忙制止道："羊劾，羊劾，听我一句话。"

"有屁就放！"

"羊劾，溜巴子和丑老三为你出了这么大力，付点报酬是应该的。再说，我们和阳坚坚斗，少不得他俩，切不可为了这点钱得罪了他俩！"

羊劾听了，才走出门叫嚣道："你们俩听着，钱，我可以给你们，但你们不能背叛我，否则，我这把刀子不认人！"

两人诺诺道："我们一切听从大哥的。"

两人各得一千元钱，欢天喜地地出得门来。羊劾把门闩上，羊获像只恶狼一样蹲在门口把守着。邹大婶匆匆地赶来，问道："丑老三，溜巴子，你们把云紫扛到羊劾家来了？"

"是的。"

"为什么不送医院?"

"去医院干啥,云紫又没生病。"

"可她爷爷说云紫生病了。"

"那是骗你的。其实,云紫和羊劫今天成亲。"

"你们怎么知道的?"

"是羊大哥告诉我们的。"

"云紫好像昏过去了?"

"她喝了安眠药。"

邹大婶听罢,感到情况不妙,对溜巴子和丑老三说:"你们怎么眼睁睁看着云紫被羊劫欺凌,而不出手相救?"

"羊劫给了我们一人一千元钱,我们管不了那么多啦!"

"云紫待你们不薄,你们应该把她从羊劫手中救出来。"

溜巴子道:"我还爱过她呢。"

丑老三也道:"我也爱过她。"

"既然你们都爱她,难道心甘情愿把心爱的人送入虎口?"

溜巴子心想:为了云紫,我在千方百计东借西凑地凑足这两万元钱,如今只差八千元,我不能让羊劫把云紫糟蹋了。

丑老三也想:为了云紫,我在四处想方设法搞足两万元钱,如今只差六千元,我不能让云紫被羊劫玷污了。

两人不约而同道:"我们马上去救云紫。"

羊获见溜巴子和丑老三朝这边走来,拦住道:"你们还不走?"

两人道:"我们放心不下,来看看云紫是否醒过来了。"

"这不关你们的事!"

"大叔,万一云紫醒不过来怎么办?"

"就让她见阎王爷好了。"

"不行！大叔，我们要把云紫送到医院去。"

羊荻咆哮道："你们少管闲事！"

两人把羊荻推开道："我们非把云紫送医院不可！"

羊劲在屋里一听，操起一把菜刀跑出来嚎叫："我杀了你们！"

两人见状，吓得夹着尾巴逃走了。邹大婶问道："云紫呢？"

两人道："邹大婶，羊家父子太凶残了，我们救不出云紫了。"

邹大婶道："我去叫阳坚坚来。"

这时，糟老头上气不接下气地来到羊荻面前。"羊大哥，云紫呢？"糟老头气喘吁吁地问道。"谁也不见！"羊荻怒吼。"我是云紫的爷爷。"

"管你是谁，今天谁也不许进这个屋子！"

糟老头见羊荻这样对待他，怒火填膺道："羊荻，你这个狼心狗肺的东西！恨我当初瞎了眼，把孙女许配给你家，今天媳妇一进门，就对我如此无礼，我要把孙女领回去！"

羊荻见糟老头发火了，忙堆上笑脸说："亲家，对不起，我以为是别人来捣乱。"

"羊荻，连我也认不出来了？"

"亲家，我人老了，眼也花了，别见怪，来，咱们去喝几盅。"羊荻把糟老头拖到桌旁。羊荻拿出一瓶湘窖酒，给糟老头斟满一杯，说："亲家，喝杯酒，解解气。"

糟老头耸了耸鼻子，闻着湘窖酒飘逸出来的香气，涎水都流了出来，忙举起杯来，正要仰起脖子喝，忽然洞房里传来吵闹声。糟老头弹簧似的跳起来，叫道："吵什么！吵什么！"

羊荻按住糟老头说："莫管，莫管，年轻人的事，让他们吵一吵吧，我们喝我们的酒。"

糟老头闷闷地喝起酒来。

羊劢闩上门后，走到云紫身边，望着昏迷不醒的云紫，狰狞地淫笑道："云紫，你还是没有逃出我的手掌心！阳坚坚呀阳坚坚，没想到我会来这一手吧，咱们生米做成了熟饭，看你还有什么话说。"说罢，一个饿虎扑食扑在云紫身上，一双邪恶的黑手撕扯云紫的衣裳。

蓦地，云紫醒了过来，一看羊劢压在自己身上，愤怒地说："羊劢，你要干什么?"

羊劢嘻嘻一笑道："云紫，你已是我的人了。"

云紫鄙夷地骂道："羊劢，你这个不要脸的东西，用这种卑劣的手段来害我，你的阴谋休想得逞！"

羊劢凶狠地说："云紫，你今天不从也得从，从也得从！"

云紫横眉怒目道："羊劢，我和你拼个鱼死网破！"说完用力从羊劢身下挣脱出来。

两人在房里大打出手……

第六章

邹大婶急急地赶到阳坚坚家，竺大娘正在灶前烧火做饭，阳宝山躺在床上神情忧郁地吸着烟。云紫和孙子整天待在一起，惹得他闷闷不乐。

"竺大娘，阳伢子在家吗?"邹大婶问道。

"不在。"竺大嫂回答。

"哎呀呀，怎么办?"邹大嫂急得团团转。

"看你急得，有什么事?"

"云紫被羊劢抢去了。"

阳宝山一听，忽地从床上跃起，狂喜道："太好了！"

他旁边的老伴竺大娘也拍着巴掌说："这下孙子可死心了。"

"老支书，坚坚不在家，你去救救云紫。"邹大婶恳求。

"她就是死了，也与我无关！"阳宝山犟嘴说。

"阳支书，你铁石心肠！"邹大婶气得转身离开这里，匆匆地往工地赶去。洪史升和胡里平领着大伙儿上山后，等了半个多时辰，既不见云紫来，也不见邹大婶的身影。

有个叫彭皋的人煽动说："你们看，云紫和邹大婶都不来了，我们还干什么，大家下山去吧。"

有人附和道："是呀，我们不要在这里等了。"

洪史升说："再等一等。"

彭皋跳出来说："要等到什么时候。这头上的太阳晒得头皮都麻了，我熬不住了！"

胡里平说："彭皋，我问你，是头上太阳晒得难受，还是肚皮饿着难受？"

"这……"

胡里平趁机开导说："彭皋，我们上山的目的就是为了不饿肚皮，但是要想不饿肚皮，我们就只有顶着烈日干！"

"说得好！"一个洪亮的声音传来。众人回头一看，只见卞四叔朝他们走来。

"卞四叔，你年纪大了，还爬上山来？"洪史升道。

卞四叔爽朗地说："我听说阳伢子领着大家加油干，带领群众烧石灰粉搞共同致富，我虽然快六十了，但干劲大得很，在家也闲不住，我也要参加你们的队伍。"

胡里平道："卞四叔，你这把年岁，不怕烈日晒吗？"

"我一生什么都不怕，就怕饿肚皮。"

胡里平道："可是，我们这里有人怕头上的烈日，煽动大家散伙。"

"谁？"

"彭皋。"

卞四叔转身对彭皋笃诚地说："彭皋，太阳再毒也晒不死你，可是，饿肚皮就不同了，它可以饿死你。"

彭皋低下头来说："卞四叔，我是担心石头能不能烧成石灰。"

卞四叔坚定地说："能！这是千真万确的事实！在外地，这事儿早已成为悠久历史了！"卞四叔把话说完，手一挥，宣布道："我们一起干起来吧！"

"好！"众人齐声答应。

邹大婶这时候气喘吁吁地赶来，急急地说："不好了！云紫被羊劫抢去了，大家快去救云紫。"

众人一听，肺都气炸了，纷纷举起拳头，大呼道："砸死羊劫这个恶棍，救出云紫！"

众人呼啦一声欲朝羊劫家冲去。

"嘀嘀嘀！"远处传来汽车的喇叭声。

"阳伢子回来了！"众人欢呼。

阳坚坚把汽车开到众人面前，问道："你们下山干什么？"

邹大婶道："我们去救云紫。"

"云紫怎么啦？"

"云紫被羊劫抢去了！"

阳坚坚听罢，剑眉一扬，对众人说："你们不要去，我一个人去就够了。"说罢将车朝羊劫家开去。

云紫和羊劫在屋里厮打起来，羊劫把云紫逼近一角落。接着他像只疯狗一样扑向云紫，紧紧地掐住云紫的脖子，凶狠狠地骂道："臭婊子，不肯从我，我要你死！"

云紫被掐得喘不过气来，眼看就要被羊劼掐得没气了。就在这节骨眼上，阳坚坚赶来了，一脚将门踹开，大喝道："住手！"随即飞起一脚，将羊劼踢翻在地。

阳坚坚把云紫扶起来，云紫无力地倒在阳坚坚怀中。阳坚坚见云紫被羊劼掐得只剩一口气，心疼地说："云紫，你受苦了！"

这时，羊获和糟老头听见这边声响，放下酒杯进来了。

糟老头一见孙女倒在阳坚坚怀里，走过去把云紫夺过来，吼道："不要脸，拉我孙女干什么？"

阳坚坚说："大爷，羊劼好狠毒，差点把云紫掐死了。"

糟老头不识好歹地骂道："关你屁事，我已把孙女许配给羊劼了。活是他家人，死是他家鬼。"

云紫道："坚坚哥，我爷爷是个倔脾气，不要和他理论，我们走！"

糟老头死死地抓住孙女不放。

"爷爷，放开我！"云紫叫喊道。

羊获见了阳坚坚，恨得咬牙切齿，瞪着阳坚坚吼道："你敢来我家闹事，我要你吃不了兜着走！"

阳坚坚平心静气地说："大叔，我不是来闹事的，我是眼见云紫被羊劼欺辱，只是出手相救而已。"

"云紫是我羊家的媳妇了，和你有什么相干？"

"你们有没有征得云紫同意？"

"她同不同意没关系，有她爷爷同意就行。"

"这不是封建社会，爷爷是不能做主的。"

羊劼恶狠狠地说："阳坚坚，你坏了我的好事，我和你拼了！"说着便拿刀朝阳坚坚砍来。

阳坚坚在省城读书时学过擒拿格斗，几下子将羊劫的手腕抓住，一把夺过羊劫手中的刀说："羊劫，你这种人两三个也不是我的对手。"

羊劫气急败坏地吼道："阳坚坚，总有一天我要杀了你！"

第七章

云紫被糟老头拉回家来关了起来。

"爷爷，开门！"云紫擂着门喊。

"要我开门可以，你得答应嫁给羊劫。"

"爷爷，不要逼我！"

"云紫，爷爷也是没办法，你想想，我们欠了羊大伯那么多人情。"

"爷爷，你拿孙女做补偿？爷爷，羊大伯就是对我们有恩，可也不能用这种方式去报恩。"

"那你说用什么方式？"

"我们可以帮羊大伯做做事啊！"

"云紫，羊劫已经下了两万元的聘礼。"

"这可以退回去！"

糟老头恼怒道："退？有这么简单？那钱已经被我吃喝还债，花得差不多了！而且，既然我已经接受了别人的，怎好意思再去退？不行！"

云紫左说右说，糟老头就是不答应。

糟老头和孙女说得口干舌燥，口一干，酒瘾就上来了，糟老头拿出那天喝过的那瓶湘窖酒来解馋，可把酒瓶倒了个底朝天，也不见半滴酒出来。一股沁人心脾的香味扑鼻而来，糟老头不由得咽了几口涎水。这诱人的香味，迫使糟老头在家再也坐不住了，从那笔聘礼中拿出钱就上街去了。临走时，他对云紫说："云紫，爷爷要出去一会儿，好好在家给我待着，要是逃出去，别怪爷爷无情。"

糟老头一走，云紫就开始思忖如何逃出这间屋子。云紫看了看这间屋子，门被爷爷反锁着，窗户也被爷爷钉死了，要想逃出这间屋子，绝非易事！小时候，爷爷把她锁在这间屋子里，她用榔头把窗户砸碎，才逃了出去。眼下，爷爷把这些东西统统藏了起来。云紫试着用身子撞了撞，纹丝未动。怎么办？只有找一根铁棒把窗户撬开。想到这里，云紫在屋里寻找起来。在床底下，云紫找到了一根锈迹斑斑的铁棍，拿来撬了起来，不多久，窗户被撬开了。

糟老头从街上回来，手里提着几瓶二锅头，一路哼哼唱唱。到了家门口，一看窗户被撬开了，心知大事不好，骂道："这鬼丫头，每次趁我出去的空隙打破窗户逃走。好！这一次，我决不轻饶你！"糟老头把酒一扔，拔腿朝阳坚坚家跑去。

糟老头喘着粗气站在阳坚坚家门口，大吼道："阳坚坚，你给我出来！"

阳宝山听到糟老头的声音，立即全身哆嗦起来。竺大娘冲出去咆哮道："糟老头，在我家门口叫什么？"

糟老头叫嚣道："快把我孙女交出来！"

"谁藏了你孙女？"

"你们！"

"你碰着鬼了，我们会藏你的孙女？"

"你家那个搅了我的好事，我没找他算账，想不到，又拐走了我的孙女，不交出来，我和你们没完！"

"糟老头，你说话要有根有据，可不能信口胡说，我家孙子今天一大早上县城去了，现在还没回来。"

"活见鬼，刚才你孙子还在羊劫家闹事。"

"他上羊劫家干什么了？"

"我孙女今天和羊劫成亲，想不到他冲到羊劫家把我孙女抢了出来。"

"有这回事？"

"我孙女现在不见了，我要问他要人。"

"我孙子不在家。"

"不可能，我要搜。"

竺大娘傲慢地说："我们家也是你说搜就搜的？"

糟老头挖苦道："是吗？这儿是老支书家，就是我们村的土皇帝一样。我们普通老百姓哪能随便进去呢？可是，那个时代已经一去不复返了。现在你们是什么，连一只癞皮狗都不如！"

竺大娘气得青筋暴露："糟老头，你也敢欺辱到我们头上来了！"

"不服气，是吗？好，我今天让你看看我糟老头是如何勇闯支书府的！"说罢，大摇大摆地走了进去。

阳宝山见糟老头进屋来了，吓得躲进了床底下。竺大娘撒泼道："糟老头，你搜不出你孙女，我再和你算账！"

糟老头把阳宝山家搜遍了，不见孙女的踪影。竺大娘阴阳怪气地说："糟老头，你现在还有什么话说？"

糟老头见竺大娘一副凌人的架势，不示弱地说："我谅你也不能把我怎么样！"

"糟老头，我告诉你，今儿个进这门容易，出这门就难了！"

"你还在耍过去的威风，我不会怕你！"

"糟老头，给我跪下！"

糟老头昂首挺胸道："要跪的不是我，是你，如果你再拦着我，我可要把乡亲们统统叫来，让你看看厉害！"

一提起乡亲们，竺大娘就软了，她想：乡亲们都恨咱家，一旦来了，我没什么好果子吃。想罢，她忙赔着笑脸说："糟老头，你走吧。"

糟老头道："我还问问你，你孙子到底上哪儿去了？"

竺大娘想了想，还是说了："可能在山上。"

"在山上干什么？"

"他要带领全村人致富，在山上凿石头、烧石灰粉呢！"

"那我去山上找找。"

工地上，村民们在阳坚坚的带领下，一个个干劲冲天。骄阳似火，烤得人们汗流浃背，但没一个叫苦的。

"坚坚哥，今天你和另外几个扶贫干部碰头上县银行拿到钱没有？"云紫问。

"银行已经放了一百万元贷款。他们几名扶贫干部拿着钱去组建运输车队了。不久的日子，我们村里的运输车队就会有了！还有，石料加工厂他们也快要派人过来建了。"

"坚坚哥，真辛苦你了，为了这笔钱，为了帮助改变乡亲们的穷面貌，走上共同致富路，你可操碎了心。看你都瘦了一圈呢！"云紫有些心疼地说。

"这是我应该做的。咦，云紫，这次你爷爷没说要关你了？"

"唉，爷爷真的把我关了起来，我是趁他出门时撬开窗户逃出来的。"

"你爷爷回来时，一定会气得吹胡子瞪眼的。"

"我爷爷这个人，就是死心眼，明知道我很讨厌羊劢，可偏要逼我嫁给他。"

"那还不是因为我爷爷过去做事太糊涂。"

"老一代人是老一代人的事，干吗把账算在我们年青一代人身上？太不公平了！"

"云紫，老一代人的思想，毕竟有他守旧的方面，不像我们年轻人的思想这么开放。就拿我爷爷来说吧，他白做了三四十年的村干部，现在整天愁眉苦脸的。其实，他不必背着这么个沉重的包袱。"

两人正说着，糟老头来了，一看云紫和阳坚坚在一起，大喝道："云紫，你这不要脸的妹子，跟我回去！"

云紫说："爷爷，我在这儿干活，暂时不能走。"

"不走也得走！"糟老头拽起云紫朝山下拖。

阳坚坚见糟老头蛮不讲理，说道："大爷，云紫在这儿干活，是好事，非要拉她回去干吗？"

糟老头见阳坚坚发话，气呼呼地说："你少多嘴！孙女是我的，我想怎样就怎样，关你什么事，滚！"

云紫说："爷爷，你看看，我们把烧灰窑建好了，又开凿了这么多石头，再过几天，这些石头就要变成石灰粉了，这些石灰粉会卖很多很多钞票的。"

糟老头不屑地说："云紫，羊劲有的是钱，你嫁给他，哪里还用得着在这里受这个罪。"

"爷爷，我看羊劲在吹牛，他根本没钱。"

"你小看人家！"

"爷爷，你看见羊劲的钱没有？"

"没有。"

"那你也在瞎说。"

"你不相信，是不是？"

"当然，除非我亲眼所见。"

"那好，你跟我回去，我让羊劲把钱拿出来让你看看。"

"我回去，也得等太阳下山之后。"

第八章

再说羊家父子待阳坚坚走后，便哭丧着脸对全村人说："各位乡亲，阳宝山过去骑在我们头上拉屎拉尿，如今他孙子又想骑在我们头上拉屎拉尿。大家看到了吧，云紫是我花了两万元钱娶过来的，阳坚坚仗着自己的势力，硬把云紫抢走了。"

不少村民和阳宝山都有仇，一听这话，个个摩拳擦掌，愤愤地说："我们不许阳家再横行霸道了！"

羊劼趁机煽动说："各位乡亲，今天阳坚坚欺辱你们，我们不把阳家打垮，甭想有出头之日。"

"对，我们要把阳家踩在脚下！"

羊劼发号施令道，"各位乡亲，我们上阳家复仇去！"乡亲们在羊劼的怂恿下，潮水般地朝阳宝山家拥去。

糟老头走后，阳宝山才从床底下爬出来，竺大娘骂道："没出息的东西！连糟老头都怕，你还做什么人，去死了吧！"

阳宝山哀叹道："时代早已不同了。这个老村支书也是徒有虚名了。"

"难怪连糟老头也敢欺辱你了。"

突然，外面乱哄哄的，羊劼咆哮道："阳坚坚，你给我滚出来！"

阳宝山朝外一望，只见一些村民个个满脸杀气，在羊劼的唆使下，潮水般地拥来。

竺大娘见了，惊魂落魄道："这下如何是好，这么多人来了，不把我们吃了才怪！"

阳宝山慌忙又钻进床底下。

竺大娘走过去把门打开，赔着笑脸对乡亲们说："各位乡亲，有什么事吗？"

羊劫嚣张地说："没事我们来干吗，告诉你，我们是来找你们算账的！"

"羊劫，乡亲们是不是你叫来的？"

"是又怎样！"

"羊劫，我们与你素无怨仇。"

羊劫冷笑道："我和你有不共戴天之仇！"

"此话怎讲？"

"我问你，云紫是我的媳妇，阳坚坚为什么要抢走我的媳妇？"

"可我们并不知道这回事。"

"装什么蒜，把云紫交出来就没你们的事了，否则，我饶不了你们一家！"

"我家没有云紫呀！"

羊劫把手一挥道："乡亲们，给我进屋搜！"不明真相的乡亲们蜂拥而入。进屋后的乡亲们为了发泄积压在心中的怒火，见什么砸什么，噼里啪啦，阳宝山家一片狼藉。

竺大娘心疼地叫道："乡亲们，不要砸我家的东西！"丑老三和溜巴子把阳宝山从床底下拖出来，一顿拳打脚踢。阳宝山被打得杀猪般号叫起来。竺大娘见丈夫被溜巴子和丑老三打得浑身是血，心疼地扑上去护住阳宝山，哀求道："我求求你们，不要打了。"

羊劫恶狠狠地说："打死他！"

溜巴子和丑老三说："羊劫哥，我们打累了。"

羊劫立即撸袖握拳朝阳宝山猛打。阳宝山被打得七窍流血。就在这当口，传来一声断喝："住手！"

众人回头一看，只见卞四叔威风凛凛地走了过来。卞四叔威严地质问："羊劧，为什么要打老支书?"

羊劧盛气凌人地吼道："他们抢走了我的媳妇。"

"是不是云紫姑娘?"

"对呀，卞四叔，你说说，我打得对不对?"

卞四叔道："羊劧，云紫根本不同意嫁给你!"

"可她爷爷做主把她许配给我了，我已经下了两万元的聘礼。"

"她爷爷做不了主，羊劧，你不要在这里胡闹、赖皮，快走!"

"嘿，凭什么要我走，你看看，这么多乡亲会答应吗?"

卞四叔对乡亲们说："乡亲们，大家回去吧!"

卞四叔又说："乡亲们，阳宝山在过去是犯下了一些错，但我们要依法解决，现在改革开放政策好，党中央、国务院如今又实施精准扶贫好政策，阳坚坚作为一名党员干部，特地从省城回乡参加扶贫帮困工作，目的是让乡亲们真正地富裕起来! 阳宝山虽有错，但已经过去了。我们应该感谢阳坚坚，感谢他们一家才对啊!"

乡亲们说："卞四叔说得有道理，阳坚坚为了帮助我们脱贫致富，一天到晚跑上跑下，不怕苦，不怕累。他是在帮咱们，是咱们的大恩人啊!"

卞四叔说："乡亲们，你们明白了这个道理就好，从今往后，你们不要再为难老支书了。"

乡亲们说："我们听卞四叔的!"

羊劧见了，急得歇斯底里地狂叫道："乡亲们，不要听卞四叔的鬼话!"

乡亲们理也不理羊劧都走了。

羊劧气势汹汹地威胁道："卞四叔，你等着，总有一天我要杀了你!"说罢，只得灰溜溜地走了。

羊劾走后，卞四叔关心地问道："竺大娘，阳支书的伤怎么样？要不要上医院？"

竺大娘说："羊劾下手很狠，我看伤势一定不轻。"

"我去看看阳支书。"卞四叔和竺大娘走进屋里，却发现阳宝山不见了。"阳支书！阳支书！你在哪里？"无论卞四叔怎么叫喊，都不见阳宝山回答。

竺大娘说："他肯定藏起来了。"

"大家都走了，还怕什么？"

"他肯定是怕你。"

"怕我？我又没拿刀拿棍，怕什么？"

"既然老头子不愿见你，我看你还是走吧。"

"那我也走吧。"卞四叔迈出门去。卞四叔一走，阳宝山从床底下爬出来叫道："快！快把门关上！"

竺大娘不解地问道："关门干什么？"

"我怕卞四叔来打我。"

"卞四叔是个好人，不会打你的。"

"我现在谁也不信了。"阳宝山身子颤颤地，还在抖动。

羊获悠然地躺在太师椅上，等待羊劾回来报告胜利的消息。

出乎意料的是，羊劾并不是趾高气扬地回到家里，而是神情萎靡地进得屋来，羊获一见，神经质地叫道："羊劾，你怎么这个样子？"

"爹爹，都怪那个卞四叔，他从中作梗，把阳宝山从我手里救走了。"

"卞四叔与阳宝山有仇，他为什么要救阳宝山？"

"卞四叔这人真怪，他不记仇。这还不算，还唆使乡亲们也不要记阳宝山的仇，乡亲们听了他的话，全走了。"

"这个疯子!"羊荻咒骂道。

"爹爹,下一步该怎么走?"

"你马上去糟老头家一趟,问问他什么时候再把孙女送过来。"

"是,我这就去。"

糟老头从工地上回到屋里,就拿出二锅头喝了起来。没喝上两口,羊劾来了,糟老头忙道:"羊劾,你来得正好,我正想找你呢。"

"大爷,有什么事吗?"

"羊劾,你是真有钱,还是假有钱?"

"大爷,你问这个干什么?"

"云紫不相信你有钱。她说你在吹牛。"

"云紫真是这么说的?"

"她说,除非你拿钱出来给她瞧瞧。"

"云紫在家吗?"

"不在,不过,晚上会回来的。"

"好,我马上回家把钱拿来让她瞧瞧。"

太阳下山,劳累了一天的人们开始下山了。

阳坚坚说:"这样走来走去,要浪费很多时间。我这两天尝试在石山上待了两晚,觉得还不错,不如大家拿上铺盖在山上住着。大家撸起袖子加油干,胜利就在前面!"

众人说:"好!"

阳坚坚说:"明天大家背上铺盖来。"

众人说:"好!"

第九章

阳坚坚回到家里，见家里的东西被砸得稀巴烂，爷爷躺在床上痛苦地呻吟。

"奶奶，家里发生了什么事？"阳坚坚迷惘地问。

"都怪你！"奶奶气呼呼地责备。

"怪我？"阳坚坚不解，"我怎么啦？"

"你自己说，你这几天干了什么好事？"

"奶奶，有话就明说，不要拐弯抹角。"

"你是不是抢了羊劾的媳妇？"

"没有呀。"

"还说没有？"奶奶怒不可遏，"羊劾和云紫成亲，你去添什么乱？"

"奶奶，云紫根本不喜欢羊劾，是羊劾做了手脚把云紫弄昏过去扛到家里去了。"

"你又把云紫从羊劾家抢出来了？"

"奶奶，不是抢，是救。云紫被羊劾掐得只剩一口气儿了，如果不是我及时赶到，云紫就没命了。"

"云紫是死是活，她爷爷都不管，你去管什么闲事？"

阳宝山恼怒地骂道，"兔崽子，我真想一棍子打死你！"

"奶奶，这些东西是不是被羊劾砸碎的？"

"不是他还有谁？今天他带了不少乡亲来我家闹事。要不是卞四叔赶来，你爷爷就没命了。"

"爷爷，奶奶，羊劾不是个东西，他的恶行总有一天会遭到法律惩处的！但我们很忙，目前无暇顾及这些事情。"

"坚坚，今后不要和云紫来往了，给家里少找些麻烦，好不好？"

"奶奶，这是不可能的。"

"坚坚，你和云紫是不会有结果的。"

"我和云紫真心相爱，我一定要娶她为妻！"

"我们家和糟老头有不共戴天之仇，你还是死了这条心吧！"

"奶奶，我们不说这个行不行？"

"坚坚，我看你还是现实一点吧，上次也跟你说了，就娶你姨奶奶家的孙女，也就是你表妹蓝苹为妻吧？"

"奶奶，我和蓝苹没半点感情。"

"坚坚，不管你同不同意，这事就这么定下来了，等你爷爷的伤好些时，让他去姨奶奶家说亲。"

"我不干！"坚坚撂下这句话，走出门忙去了。云紫回到家里，见爷爷正在一口接一口地喝酒，那高兴的样子，就像一个小孩子捡着大元宝似的。

"云紫，我的好孙女，你回来了，过来过来，爷爷和你说几句话。"云紫坐在爷爷身边说："爷爷，什么话？"

"云紫，我告诉你一个好消息，羊劼回家拿钱去了。"

云紫不屑地说："羊劼能拿得出几个钱！"

糟老头不悦地说："你总小瞧羊劼。"

"爷爷，我也告诉你一个好消息。"

"说吧。"

"我明天就要搬到山上去住了。"

"这怎么行？"糟老头反对。

这时，羊劼扛着一个沉重的麻袋进来了，气喘喘地说："大爷，这麻袋好沉，压死我了！"

糟老头纳闷地问："羊劾，我叫你回家拿钱，你扛一个麻袋来干什么？"

羊劾得意地说："大爷，你看看，这里面是什么？"

糟老头打开一看，霎时双眼都直了，只见里面叠着一扎一扎崭新的百元大钞！"羊劾，这一麻袋有多少钱？"

"一百多万吧！"

糟老头狂喜得灵魂出窍了，喃喃自语："这么多钱，如何花得完？哈哈，云紫快过来看看！"

云紫瞥了一眼那麻袋，惊愕地问道："羊劾，你这钱是怎么来的？"

羊劾狡辩："云紫，是我用血汗换来的。"

糟老头夸道："羊劾，你外出几年，能挣这么多的大票子回来，了不起！"

云紫冷冷地说："羊劾，你骗得了我爷爷，可骗不了我。你这钱不是抢来的就是偷来的！"

糟老头呵斥道："云紫，你总是不相信你羊大哥。"

羊劾凑近云紫面前，献媚道："云紫，钱我给你看了，你总该答应嫁给我了吧？"

云紫呸地骂道："羊劾，你滚！我不稀罕你的臭钱！"

羊劾苦着脸说："大爷，云紫还是不同意，怎么办？"

糟老头忙安慰道："羊劾，不用急，我慢慢地说服她。"

"那我等大爷的好消息！"说罢，羊劾扛着麻袋灰溜溜地回去了。

羊荻见羊劾背着麻袋进屋来了，问道："羊劾，你把它扛到什么地方去了？"

羊劾愁眉苦脸地说："云紫不相信我有钱，要亲眼看看。"

"你把它背到糟老头家了？"

"是。"

"路上有人看见吗？"

"没有。"

"那就好。"羊获松了口气，埋怨说，"蠢货！你这钱来得不正当，万一云紫向公安局报了案，你就没命了。"

"爹爹，那怎么办？"

"马上把它藏起来。如果警察来了，找不到证据，也不敢把你怎么样。"

"爹爹，藏到哪里去？"

"后山里。"

羊劫把麻袋往肩上一甩，急急地朝后山跑去。羊获扛着把镢头，跟随其后……

翌日清晨，众人背上棉被，在村前操场上排队集合。队伍就要出发了，又不见云紫到来，阳坚坚说："肯定又是她爷爷在阻挠，我去劝劝。"

邹大婶说："阳伢子，你去不太合适，还是我去吧。"

"邹大婶，你可要想方设法把云紫叫来。"

"放心吧。"

阳坚坚带领队伍浩浩荡荡地向山上开拔。

云紫背上铺盖，正准备去操坪集合，糟老头拦住道："云紫，羊劫有那么多钱，你还去那地方干吗？"

"爷爷，羊劫的钱只是他个人的，我们干活是为了全村人的幸福与利益。"

"你管那么多干吗？"

"爷爷，不要拦着我。"云紫焦灼地说，"大家都在操坪上等着我呢！"

"让他们等吧！"糟老头把住门口，寸步不离。

邹大婶来到云紫家门前，见糟老头把门堵得严严实实，就说："大爷，你做把门将军了？"

糟老头道："我家云紫不听话，非得我这样做不可！"

"你要她做什么？"

"我要她嫁给羊劼。"

"大爷，这婚姻大事，你可不能强迫人家。"

"邹大婶，你说说，羊劼有哪一点不好？"

"大爷，我能不能进去劝劝云紫？"

"你进去吧。"糟老头挪开一条腿。

邹大婶来到云紫房里，说道："云紫，你爷爷是个倔脾气，不依着他，今天你就出不了这个门。"

云紫坚决地说："要我答应嫁给羊劼，我宁可不出这个门。"

"云紫，为了咱们的大事，委屈一下算了。"

"你要我假装答应嫁给羊劼？"

"这只是权宜之计。只要你出了这个屋子，以后的事你爷爷管不住你了。"

"邹大婶，看来只有这样了。"

云紫来到爷爷身边，说："爷爷，只要你放我出去，什么事我都依你。"

糟老头大喜道："云紫，你同意嫁给羊劼了？"

云紫很不情愿，但又不得不点点头。

"你说说，哪一天和羊劼成亲？"

"那要等我们把第一期石灰粉烧成功之后。"

"要多长时间？"

"半个月之后吧。"

"好，倒也不急，我就给你这几天时间。"

羊劼在爹爹面前哭哭啼啼地说："爹爹，钱我给她看了，云紫还是不动心，你说怎么办？"

羊获安慰儿子道："羊劼，不要哭，我看要想让云紫死了对阳坚坚那条心，糟老头许诺了，这回等半个月后你真的能和云紫完婚。"

"好的，爹爹，你真有办法！"

第十章

在省、市扶贫办的大力支持下，加上县里及时派出技术员赶来石头村支援帮助，不到五天，大伙儿接连把几个烧灰窑洞筑好了。

阳坚坚大声宣布："马上装窑！"

于是，人们搬起石头，挑着煤炭，在窑洞里奔忙。

卞四叔说："阳伢子，今晚咱们就可以烧窑了。"

阳坚坚说："再过几天，这些石头要变成石灰粉了。"

云紫说："这些石灰粉又会变成崭新崭新的钞票。"

卞四叔感慨："我们石头村真的要大变样了！"

这时，溜巴子和丑老三凑过来说："哎呀，阳伢子，你们装窑了？"

阳坚坚道："你们来此有何贵干？"

两人咂咂嘴说："看看吧。"

"有什么好看的？"

丑老三道："阳伢子，这些石头真那么容易烧成石灰粉吗？"

"你们不相信？"

"我就是不信才上山来看看的。"

"过两天你们再来看，就知道了。"

"那你们什么时候烧窑？"

"就在今夜。"

夜幕很快降临，阳坚坚手一挥，说："马上点火烧窑！"

于是众人蹲在那些窑洞前将柴草点燃。很快红彤彤的火焰在窑里跳跃。

溜巴子和丑老三从山上下来后，径直走进羊劢家。"羊劢哥，我们打听清楚了，阳坚坚他们今夜就烧窑。"

羊荻阴险地说："阳坚坚，你这个兔崽子，休想石灰粉烧成功！"

羊劢问羊荻："爹爹，你有什么法子能阻挠他们吗？"

羊荻附在羊劢耳边嘀咕了一阵，而后奸笑道："这样做，万无一失！"

随后，羊劢吩咐道："丑老三，溜巴子，你俩今夜随我行动。"

半夜时分，有三条黑影悄悄地向窑洞靠拢。阳坚坚他们由于白天劳累过度，此时都已经进入梦乡。卞四叔睡了一会儿，披衣起床小便，忽然发现了三条黑影在窑顶上晃动，大叫一声："谁？"那三条黑影听得叫声，一溜烟似的跑了。

卞四叔走近几个窑洞一一察看，顿时傻了眼，原本窑内燃得通红的火焰全都熄灭了。

卞四叔赶忙把阳坚坚叫醒，说道："不好了，窑火都熄灭了！"

阳坚坚道："燃得好好的，怎么会熄灭了？"

"我刚才发现有三条黑影在窑顶上晃动。"

"是不是有人捣鬼？我去看看。"

两人来到那几个窑顶一看，只见烟囱个个被塞得严严实实的。

"这是谁干的？！"阳坚坚愤怒地说。

卞四叔说："是不是羊劢干的？"

"有可能。"

此时众人都已醒过来了，一听窑火熄灭了，都愤愤然地说："谁这么缺德？"

羊劼三人逃回家来，羊荻迫不及待地问道："你们的手脚做得麻利吗？"

羊劼兴奋地说："我们把那些窑门烟囱堵得严严实实，一丝风儿也漏不出来。"

羊荻拍手叫道："这下阳坚坚那小子完蛋了！哈哈！"

天亮时，阳坚坚对云紫说："我要回家一趟，你先带领大伙把烟囱清通。"

云紫道："坚坚哥，你回去干吗？要多久？"

"我去拿把长竹竿通窑火，最多半个时辰就会过来。"

"快去快回。"阳坚坚赶紧往家里跑去。

阳坚坚下山去不久，彭皋就发牢骚道："我早说过，这石头不能烧成灰，可阳伢子不信，偏要试试看，这下看他还有什么话说。"

云紫道："你不要在这里发牢骚，扰乱人心。"

彭皋道："我这是用事实说话，你摸摸，石头还是石头。"

云紫道："那是有人在搞鬼，把窑火弄熄了。"

"你说的这人是谁？"

"目前还不清楚。"

彭皋道："不管怎么样，我要下山了。"

云紫道："要下山，也得等阳伢子来了再说。"

彭皋讥笑道："阳伢子，他还能来？"

"你怎么知道他不会来了？"

"阳伢子不是说过，他顶多回去半个时辰，可现在两个时辰都过去了，还不见他的踪影。"

"可能家里有急事，脱不了身。"

"哼！我看阳伢子也知道石头不能烧成灰了，怕我们指责，故意找个借口先我们下山去了。"

"阳伢子不是这种人!"彭皋煽动道:"各位,如果有谁相信石头能烧成灰的,留下来继续干;不相信的,就随我下山去。"

有些人本来就不相信石头能烧成灰,听彭皋这么一鼓动,纷纷道:"我们也和你一道下山去。"

这些人下山后不久,阳坚坚才急急拿着几根大竹竿赶上山来。云紫道:"坚坚哥,怎么下山这么久?"

"都怪我爷爷奶奶,把我关在屋里,不准我出来。"

"你爷爷奶奶为啥要关你?"

"今天我那个远房的姨奶奶带着她的孙女蓝苹过来相亲,他们逼着要我答应和那个表妹蓝苹成亲。"

"难怪你回去这么久。你答应了?"

"答应了,但不是真答应。云紫,这些人哪里去了?"

"他们见你不来,就下山去了。现在就只剩下几个人看守着石窑,怎么办?"

"我们也要干下去!"

糟老头掐着指头算了一下,今天是云紫许诺后的第五天了,再过十来天,云紫就得和羊圾成亲了。糟老头一高兴,就坐在桌前喝起来。刚举杯,就见羊圾兴冲冲地进来了。

"羊圾,你今天这么高兴,一定有什么喜事儿!"

羊圾笑眯眯地说:"大爷,有个好消息告诉你。"

"什么消息?"

"阳坚坚答应跟他表妹成亲了。"

"那么云紫就是你的了!"

"大爷，我和云紫啥时候成亲？"

"快了。"

"到底还要多久？"

"不过十来天吧。"羊劲听罢满意而去。

这时，乡亲们在村外议论纷纷。有人问道："彭皋，你们不是跟阳坚坚上山烧石灰粉去了，怎么又回来了？"

彭皋道："笑话！石头咋能烧成白灰，都是阳坚坚那小子在异想天开！"

阳宝山听了，出门附和道："这兔崽子，我早说过石头不可能这么容易烧成白灰的，他不信，如今应验了吧。"

竺大娘也说上一句："这兔崽子，现在该死心了吧！"

阳宝山道："我看这兔崽子是不会死心的。"

"大家都下山来了，他一个人还有什么意思？"

"还有云紫、卞四叔等人在支持他。"

"就算云紫在身边支持他，也干不出什么名堂来，总有一天也会下山的。"

丑老三和溜巴子听说烧石灰粉的都下山来了，赶紧跑到羊劲家报信来了。"羊劲哥，羊劲哥，有一个特好的消息告诉你。"

"什么消息？"

"那些烧石灰粉的都下山了。"

"真的？"

"我看到他们一个个卷着铺盖回来了。"

羊劲狂喜说："阳坚坚，我们终于把你搞垮了！哈哈！"

羊获说："羊劲，不要高兴得太早了，阳坚坚是不会认输的，他还会再干下去。"

"还有云紫在支持他。"

"她女流之辈，算不得什么！"

羊荻吩咐道："溜巴子，丑老三，你们再上山去看看，阳坚坚到底还有多少人马。"

第十一章

丑老三和溜巴子上得山来，只见阳坚坚带着七八个人在清理堵死的烟囱。

溜巴子故意问道："阳伢子，上回我来这里不是有很多人吗？怎么现在就只有几个人在干，还有的人哪里去了？"

阳坚坚道："他们不明真相不愿意继续干，回家去了。"

"你们为什么不回家？"

"我们为什么要回家？我们就是要让大伙看看这石头烧成灰有多大的价值作用！"

"你们又要烧窑了？"

"是呀！"

"什么时候？"

"就在今晚。"

"阳伢子，我们听说你和你表妹要成亲了？"

"那是我爷爷在瞎闹，我是不会和我表妹成亲的。"

"那你和谁成亲？是云紫吧？这谁不知道，云紫的爷爷不同意你们在一起的。"

"那也没关系，只要云紫同意就行。"两人不悦，便告辞道："我们走了。"

两人走后，卞四叔说："阳伢子，这两人和羊劫打得火热，我们不能不防。"

阳坚坚说："我看他们定是羊劫派来的奸细。"

"他们今晚一定会来搞破坏的。"

"他们的阴谋不会得逞了！"

羊家父子坐在家里等着溜巴子和丑老三回来。

好一会儿，才见溜巴子和丑老三回来说："羊劫哥，阳坚坚又说不肯和蓝苹成亲了，他还说，要和云紫成亲。"

羊劫不以为然地说："他在放屁，糟老头答应十天之后，云紫就和我成亲了。"

羊荻问道："羊劫，今晚你们又得辛苦一趟。如若这一次把阳坚坚搞垮了，说不定那剩下的几个人也要下山了。"

半夜时分，三个黑影鬼鬼祟祟地潜进窑洞。三条黑影正欲在烟囱上做手脚时，突然，从窑洞旁跃出几个人来，大喝道："羊劫，我们恭候你多时了！"

羊劫一听是阳坚坚的声音，吓得屁滚尿流，拔腿就跑，阳坚坚紧走几步，一把将羊劫抓住。同时，那边溜巴子和丑老三也被抓了过来。

阳坚坚厉声道："羊劫，上次是不是你们做的手脚？"羊劫瘫在地上，耷拉着脑袋，一声不吭。阳坚坚转而问丑老三和溜巴子："羊劫不说，你们快老实交代！"

两人低着头，哆嗦着说："是……是的。"

"溜巴子，丑老三，你们怎么与羊劫这种人狼狈为奸？"

两人道："我们得了羊劫的收买钱，若不为他效劳，他威胁要杀了我们。"

云紫道："坚坚哥，如何处理他们？"

阳坚坚斥道："羊劼，这一次我放了你，如果下一次再来捣乱，让我抓着，把你送县公安局去！"

邹大婶气愤地嚷道："就这样放了，太便宜他们了！"

阳坚坚正气凛然地喝道："羊劼，希望你不要执迷不悟，恶习不改，屡次来破坏石头村扶贫工作，下次如果再犯，决不轻饶！快滚！"羊劼听了从地上爬起来，像只丧家之犬，落荒而逃。

羊获坐在太师椅上，悠然自得地等着羊劼回来报告胜利的消息。出乎意料的是羊劼狼狈地逃回家来。羊获一见，腾地从太师椅上蹦了起来，抓住羊劼，急急地问："羊劼，你怎么啦？"

羊劼气馁地说："我们被阳坚坚抓住了。"

"什么？"羊获惊骇起来。

"这一次，他们早有了防备，我们还未动手，就被阳坚坚抓了起来。"

羊获听罢，颓然地瘫在太师椅上，绝望地说道："我们失败了！"

一个星期后，石头村第一期石灰粉终于烧成功了，望着窑洞里满满的石灰粉，乡亲们个个脸上洋溢着幸福的喜悦，他们高喊道："我们终于成功了！"

这声音像一个个炸雷，在石头村的天空中炸响。很快，全村人都知道了这一大好消息，纷纷朝山上拥来。

窑洞门前，人头攒聚，大家捧着雪白雪白的石灰粉，惊讶不已。

"真怪！想不到这黑黝黝的石头真能烧成白灰！"

"我今天总算亲眼见到了！"

"我们参加阳伢子的队伍去。"

众人围住阳坚坚，争先恐后地报名入股，有钱的出钱，没钱的出力，竞相入股石头村石灰股份公司当股东。那些下山的人也想参加，可他们不好意思去报名。彭皋内疚地说："都怪我，把你们带下山来。"

众人问道："彭皋，你还想不想参加？"

"我何尝不想，可我没脸去见阳伢子呀！"

这话被路过的卞四叔听见了，说道："各位，你们也想参加的话，就找阳伢子报名去。大家都来当股东！"

"阳伢子还会要我们吗？"

"阳伢子不会计较的，他就是专门来帮助大家脱贫致富的，你们放心去吧！"

大伙儿听了，一阵轰动，纷纷走向石山去，朝阳坚坚靠拢。阳坚坚见彭皋他们来了，笑容可掬地说："彭皋，还想不想加入我们的队伍？"

彭皋低着头说："阳伢子，只怕你不肯收我了。"

"只要你们愿意参加，我们表示欢迎！大家撸起袖子加油干，共同致富的日子不远啦！"

"好，那太谢谢了！我们加油干！"众人欢呼着。

阳宝山夫妇在床上听得第一期石灰粉烧成功的消息后，大吃一惊！

两人挣扎着爬下床来，从门缝里往外望去，只见全村男女老少朝山上拥去。

竺大娘说："老头子，你也上山去看看，是不是真的。"阳宝山便拄着拐杖，一瘸一拐地往山上挪，他不敢接近窑洞，远远地躲在一块石头背后窥视。

阳坚坚正带领众人往运输队的大汽车上装石灰粉。云紫说："坚坚哥，我答应过我爷爷，石灰粉烧成功后，就回家去看看。"

阳坚坚道："云紫，等我下午回来，咱俩一同去。"

羊荻对儿子说："羊劲，阳坚坚把石灰粉烧成功了，全村人都跑去归附了他，看来云紫你是得不到手了，你马上去糟老头家，逼他把钱退出来。"

羊劢道："爹爹，我马上去。"

羊劢拿着棍子凶神恶煞地闯进糟老头家，恶狠狠地吼道："糟老头，把那两万元钱还给我！"

糟老头道："你不要娶云紫了？"

"阳坚坚石灰烧成功了，云紫我怕是得不到手了。"

"这和云紫跟你成亲没有关联啊！"

"我羊劢现在是孤家寡人，我还斗得过阳坚坚那小子吗？"

"羊劢，我绝不会把云紫嫁给阳坚坚的。"

"你说话老是放屁，你不是老说要云紫和我成亲吗？可现在还不见她的人影！"

"她会回来的！"

"你把我羊劢当猴耍，我羊劢可不是好惹的，告诉你，马上把钱拿出来，就饶你这条老命，否则，我这拳头不客气了！"羊劢扬了扬拳头。

糟老头吓得战战兢兢："羊劢，那钱我还了以前欠的债务，都花光了。"

羊劢暴怒，接连几个拳头朝糟老头身上狠狠地打去。

"哎哟！哎哟！"糟老头惨叫着。

羊劢狰狞地逼道："你拿不拿出来？不拿出来，就要了你的命！"

糟老头掩住嘴角流出的血，哀求道："羊劢，行行好，不要打了。"羊劢哪肯罢休，接着又是一阵手打脚踢。

就在这节骨眼上，阳坚坚和云紫回来了，一看羊劢在毒打糟老头，阳坚坚大喝一声："住手！"

羊劢一见是阳坚坚，吓得赶紧从后门逃走了。糟老头气息奄奄，双目紧闭。

云紫伤心地哭喊道："爷爷，你醒醒，孙女回来看你了！"

　　阳坚坚说：“你爷爷脸上伤很重，我去找点草药来。”说罢出去了。不一会儿，阳坚坚寻了一把草药回来，亲手把它捣烂，敷在糟老头的伤口。

　　顷刻，糟老头慢慢地睁开双眼。

　　云紫见爷爷醒过来了，惊喜地说：“坚坚哥，我爷爷醒了。”

　　阳坚坚关心地问道：“大爷，伤口还疼吗？”

　　糟老头一见坚坚，火气上来了，吼道：“你少在这里卖乖，滚！”

　　云紫道：“爷爷，你拿了羊劲多少钱？”

　　“两万元。”

　　阳坚坚从身上掏出两万元钱道：“大爷，把这钱退给他吧。”

　　糟老头瞧也不瞧地吼道：“谁要你的臭钱！”

　　云紫说：“坚坚哥，我去退给他。”

　　糟老头急道：“云紫，你去不得，羊劲凶恶得很，他会打死你的！”

　　阳坚坚把钱收好，说：“云紫，你哪里也不去，就在家照顾好你爷爷，我还有事，先走了。”

　　阳坚坚走后，云紫对爷爷说：“爷爷，你不应该这样对待坚坚哥。”

　　糟老头道：“云紫，说句良心话，阳坚坚心肠要比阳宝山好，你嫁给他，是不会错的，可是，我们两家毕竟有仇啊。”

　　云紫道：“爷爷，就算阳宝山过去害死了奶奶，但这事毕竟过去几十年了，我们不应该耿耿于怀。现在，阳宝山终于知道自己错了，也在一天天变好，我们应该原谅他。”

　　糟老头听了孙女这番话，心里也翻腾开了：是啊，自从改革开放后，阳宝山一天天变好，我们应该原谅他。前些年那个冬天，是他领着全村人修建了这条公路，一马当先，为村里干了一件好事，对于一个变好了的人，我们不应该记恨。想到这里，心里也释然道：“云紫，你说得对，从今以后，我不再反对你和阳坚坚来往了。”

　　阳宝山从山上回来，对老伴道："坚坚他奶奶，我的确看见孙子烧出来第一期石灰粉了。"

　　竺大娘急问道："是什么样子？"

　　"待那烧透的石头熔化后，雪白雪白的，像棉花一样。"

　　"这黑黝黝的石头烧成灰，怎么会轻易地变白呢，真怪啊！"

　　"我也不很明白。"

　　糟老头自那日敷了阳坚坚的草药后，不出三日，身上的跌打伤痊愈了。这天，他走下床来，准备上工地去向阳坚坚道歉。刚迈出门，就见溜巴子和丑老三笑眯眯地冲他叫道："大爷，听说羊劲把你打了？"

　　一提起羊劲，糟老头把牙齿咬得咯咯响，唾骂道："这遭雷打火烧的羊劲，心比蛇蝎还毒，我差点被他打死了！"

　　溜巴子道："大爷，千万不能把云紫嫁给他！"

　　丑老三也道："大爷，把云紫嫁给羊劲，就等于把云紫往虎口送！"

　　糟老头道："我现在终于看清了羊劲的真面目，再也不会把云紫嫁给他了。"

　　溜巴子大喜道："大爷，那把云紫嫁给我。"说着从衣袋里掏出两万元钱来。

　　丑老三也不甘落后地说："大爷，把云紫嫁给我，比嫁给溜巴子强。"也掏出两万元钱来说，"这是我给云紫的聘礼。"

　　糟老头道："我只有一个孙女，而这个孙女只喜欢阳坚坚，你们就不要胡思乱想了！"

　　溜巴子道："大爷，你不是与阳宝山有仇吗，为什么还要把孙女嫁给阳坚坚？"

　　丑老三也撺掇道："千万不能和仇人结亲！"

糟老头道："二位不要再费口舌了，我已打定主意了，再不计较过去的一切了。"

两人讨了个没趣，唉声叹气地走了。

晚上，云紫带着阳坚坚又过来了。糟老头感激地说："阳伢子，多亏了你！"

云紫道："爷爷，今后不要和羊劾打交道了。"

糟老头忏悔道："我错了，从今往后，我再也不和羊劾打交道了。"

阳坚坚从身上掏出两万元钱来说："大爷，把它还给羊劾。"

糟老头接过钱来说："阳伢子，我不能白拿你的钱，从明天起，我也要加入你们的队伍当股东，大家一起脱贫致富，大干一番！"

羊家父子躲在屋子里，商议如何将阳坚坚赶出这个村，妄想挽回局面。羊荻说："干脆除了他！"

羊劾愁眉苦脸地说："爹爹，我不是阳坚坚的对手，我不敢和他正面交手。"

羊荻唾骂道："蠢猪，难道就不会在暗地里算计他？"

"我找不到机会。"

"机会有的是，就看你能不能抓住机会。"

"爹爹，你说说看。"

"阳坚坚每天运石灰粉去县城，他的车必要经过'鬼门关'。你在那地方下手，保管万无一失。"

"爹爹，他坐在车里，我如何下手？"

"你不会搬几块石头在路中，阳坚坚必定要下车来搬，只要他一下车，你就从背后把他推下悬崖去。"

"爹爹，这办法还不错！"羊劾狂喜。

"还有一个更好的法子……"羊荻在羊劼耳边说了一阵，羊劼听了连称"妙"!

糟老头拿着钱来到羊劼面前说："羊劼，我把那两万元钱还给你。"

羊劼歪着脑袋问："你的钱是从哪里来的?"

"是阳伢子给我的。"

羊劼夺过钱来，阴沉沉地说："你是不是偏向阳坚坚了?"

羊荻吼道："羊劼，快把糟老头捆了个结结实实!"

羊劼便把糟老头捆了起来。羊荻阴险地说："我们把糟老头丢在'鬼门关'那地方，如果阳坚坚不刹车，糟老头肯定要被碾成肉酱，糟老头一死，公安局会来人把他抓起来，让他蹲监狱去;如果阳坚坚来个急刹车，会连人带车滚下深渊。你想想，从那地方掉下去，还会有命吗?"

"这么说，阳坚坚左右都是死!"

"对!"

"爹爹，我马上把糟老头扛到那地方去。"

半夜时分，阳坚坚驾驶着汽车从县城往家赶，当他驶近"鬼门关"时，特地减慢了速度，小心翼翼地往前行驶，拐过那道急弯后，他忽然发现前面躺着一个人，连忙来了个急刹车，可这地方太窄，于是，汽车不由自主地滚下了深渊……

"哈哈哈……"羊劼见此情景，立马从黑暗中走出来，仰天狂笑道，"阳坚坚，想不到你还是没逃出我羊劼的手掌，见阎王去了吧?"

糟老头呸道："羊劼，你心狠手辣，我家云紫永远不会嫁给你!"

羊劼扬手打了糟老头几个嘴巴，恶狠狠地说："老头子，打死你!老实告诉你，阳坚坚死了，谁也不敢和我争夺云紫，我捆也要把云紫捆回去!"

第十二章

全村人听说阳坚坚的车子掉进了深渊，都赶来出手相救，当他们把阳坚坚从车中抱出来时，只见他浑身是血，双眼紧闭，气息微弱。

糟老头痛苦地说："阳伢子，你应该从我身上碾过去，我死了不要紧，你死不得！"

阳宝山呼地抢天地大哭道："我的孙子呀，我叫你不要开车，你不听我的话，这下该怎么办？"

云紫哭泣不止，哽咽道："坚坚哥，你睁开眼看看我们吧！"

卞四叔道："大家不要哭，我们马上把阳伢子送医院去！"

众人马上抬着阳坚坚往医院去了。来到医院，送进了急救室，好一会儿，医生出来说："这人伤得很厉害，目前处在休克阶段。"

竺大娘急着问道："我孙儿什么时候能醒过来？"

"我们也不知道，要看抢救的效果怎么样。"

糟老头焦灼地问道："医生，阳伢子还有救吗？"

医生说："我也说不准，反正正在抢救当中。"

众人齐刷刷地跪在医生面前说道："医生，你们一定要尽最大的努力把阳伢子抢救过来，我们村少不了他！"

医生道："你们放心，我们一定会尽自己最大的努力！"

那边，羊家父子为阳坚坚掉下深渊而高兴得手舞足蹈。羊获吐了一口浓烟，说："这一心腹大患终于被我们除掉了！"

羊劼道："和我们作对，就只有死路一条！阳坚坚，不识好歹，活该！"

"今后没有人敢和我们作对了。"

"爹爹，我们应该想个法子把云紫弄到手才好。"

"急什么，现在阳坚坚是死是活还没有个分晓，等丑老三和溜巴子探消息回来再说。"

这时，丑老三和溜巴子回来报告说："羊劫哥，我们听医生说，阳坚坚是死是活还不知道。"

羊劫夸下海口道："从那么个地方掉下去，就是神仙也救活不了，何况这些医生。"

丑老三道："这么说，阳坚坚必死无疑了？"

"当然当然。"羊劫摇头晃脑。

羊荻还是有点丧气地说："别高兴得太早了！"

阳坚坚躺在医院里，双目紧闭，已经五天四夜了，云紫守在床前，寸步不离，每时每刻都在盼望阳坚坚醒来。

云紫长叹一声说："这么多天了，坚坚哥还没有醒来，如何是好？"

竺大娘指着云紫骂道："都是你这个小妖精惹的祸，我要你不要勾引我家坚坚，你不听，把我孩子害苦了！"

云紫哭泣道："大娘，这事怎么能怪我呢？"

竺大娘数落道："你爷爷把你许配给羊劫，你不从，羊劫怀恨在心，千方百计想害死我的孙子。如果没有你，我们和羊家无冤无仇，他为什么要下此毒手？"

云紫道："我和坚坚哥相亲相爱不假，我们相亲相爱是没有罪的。大娘，要怨只能怨羊劫心狠手辣。"

竺大娘蛮不讲理地吼道："我不恨他，我偏怨你！恨你这个小妖精，给我滚！"

云紫平心静气地说："大娘，不要意气用事，坚坚哥还没有醒来，我不能走。"

"他是我的孙子，醒不醒关你屁事，滚滚！"竺大娘用力推搡着云紫。云紫被竺大娘推出病房，竺大娘砰地把门关上。云紫在外面泣声求道："大娘，放我进来吧，我要守在坚坚哥床前看着他醒过来。"

任凭云紫在外面哀求，竺大娘都无动于衷，这时医生过来说："姑娘，不要在外面吵，这样对病人不利。"

云紫道："病人是我的未婚夫，我不能不去照顾他。"

医生道："那这位老人是谁？"

"是我未婚夫的奶奶。"

"她为什么把你赶出来？"

云紫把前因后果告诉了医生。医生听后说："既然她不要你留在这里，你先回去吧，要不，在病房里吵闹对病人不利。"

云紫听完医生的话后，才恋恋不舍地说："大娘，我走了，若是坚坚哥醒来的话，千万不要忘了告诉我。"

云紫回到家里，糟老头急急地问道："云紫，阳伢子醒来了没有？"云紫无精打采地摇了摇头。

"那你怎么回来了？"

云紫伏在爷爷的大腿上痛哭起来。

"云紫，到底是怎么回事？"糟老头蒙了。

"爷爷，是竺大娘不准我留在医院里。"

糟老头哀叹道："都这个时候了，还在耍小孩子脾气。云紫，我明儿进医院去看看阳伢子。"

云紫前脚进屋，丑老三和溜巴子后脚就跟了进来。

丑老三在云紫面前献媚道："云紫，阳坚坚那小子摔死了，你总得另找一个对象了。"

溜巴子不失时机地凑上去，殷勤地说："云紫，你看我溜巴子中不中意？"

丑老三把溜巴子推开，讨好地说："云紫，你无论如何都不能嫁给溜巴子，他那副癞蛤蟆相，谁见了谁都讨厌，要嫁就嫁给我。"

溜巴子把丑老三推翻在地，嘻嘻地笑着对云紫说："你别听他丑老三胡言乱语，你看我长得多帅，很多姑娘都想嫁给我，我溜巴子看不上她们。我最喜欢的姑娘就是你。云紫，答应嫁给我吧！"

云紫听得心烦气恼，大声叱道："溜巴子，丑老三，别在这里胡说八道，滚滚滚！"

丑老三和和溜巴子见云紫动怒了，忙闭上嘴巴，灰溜溜地走了。

丑老三和溜巴子讨了个没趣，并不甘心，恶狠狠地说："云紫，你不肯嫁给我，我们要你好看！"

溜巴子说："丑老三，看样子云紫我们是得不到手了，我们告诉羊大哥去，让羊大哥来收拾她。"

丑老三赞同地说："这主意好。"

于是两人朝羊劾家走去。羊劾父子正在为云紫整天待在医院里而发愁。羊劾急得跳着脚道："爹爹，有什么办法能让云紫回家一趟？"

羊获搔搔头皮道："这可是个棘手的问题，我也想不出好办法来。"

羊劾道："是不是叫溜巴子和丑老三上医院一趟，把云紫诓回来？"

"我看也只能如此了。"

羊劾刚要出门去找丑老三和溜巴子，就见两人远远地朝这边走过来。羊劾迎上前说："两位老弟，我正要找你们，想不到你们就来了。"

两人道："羊大哥，云紫回来了。"

羊劾一听，欣喜若狂地说："太好了！真是天助我也，我马上去把云紫捆回来！"

云紫送爷爷去医院后，转头见羊劲气势汹汹地朝她家奔来。云紫见羊劲凶恶地扑来，十分愤怒地说："羊劲，你想干什么？"

羊劲狰狞地说："臭婊子，你今天是自己乖乖地跟我走，还是要我把你捆回去？"

云紫横眉怒目地说："羊劲，光天化日之下，想胡作非为，没门！"

羊劲冷笑道："看来你是不愿跟我走，那好，我把你捆回去！"

羊劲把绳子抖开，走上前就要捆云紫。

云紫和羊劲打斗起来，云紫毕竟是一个弱女子，哪里敌得过这个如狼似虎的羊劲，不一会儿，云紫便被羊劲捆了个结结实实。羊劲把云紫往肩上一扛，匆匆地往家里走去。

再说糟老头来到医院，敲了敲房门，竺大娘走过来把门打开，一见是糟老头，脸色立即阴沉下来，不悦地说："你来干什么？"

"我想来看看阳伢子，他醒过来了没有？"

竺大娘悲伤地说："这一次，我孙子怕是没命了。这都是你们家给我们惹的祸。"

"阳伢子还没有醒过来，这可怎么办？"糟老头焦灼万分。

竺大娘呜呜地哭道："医生已下过结论了，如果今天中午十二点还没醒过来，就没有希望了。"

糟老头紧张地问："现在是什么时候了？"

"离十二点只差十分钟了，还没有醒过来的迹象。"竺大娘悲恸得大哭起来。

糟老头也忍不住眼泪哗哗地往外流，哽咽地说："大婶，能不能让我进去看看阳伢子？"

竺大娘一个劲地哭。

糟老头又恳求道："大妹子，我求求你，阳伢子是为了我才掉下深渊的，我不去看他一眼，又于心何忍？"

"看也没有用了，你还是回去吧。"竺大娘绝望地说。

"水……水。"就在这时，传来了一声微弱的声音。竺大娘一听，立即奔向床前，只见阳坚坚嘴唇嗫动着，似乎想喝水。糟老头见了马上去喊护士。护士听得喊声，忙端来一杯开水，一勺一勺地喂着阳坚坚。

阳坚坚慢慢地睁开双眼，第一句话问道："我的车呢？"

竺大娘心疼地数落道："命都差点没有了，还牵挂你的车，好好地养伤吧，什么都不要想。"

阳坚坚黯然地说："这车对扶贫作用大得很，比我的生命还重要！"

糟老头凑近说："阳伢子，这不用你担心，我们早已请人把车拖到县城修理厂去了，你安心养伤吧。"

"谢谢大家！"

阳坚坚看了看众人，不见云紫站在床前，便问道："云紫呢，她在哪儿？"

一提起云紫，竺大娘颓然地低下头来，一声不吭。

糟老头忙接过话茬说："云紫临时有事回去了。"

阳坚坚摇摇头说："我知道云紫是不会轻易离开的，一定是……"

阳坚坚瞧了瞧奶奶说："奶奶，一定是你把云紫气走了。"

竺大娘理直气壮地道："坚坚，云紫是被我赶走的，如果不是她，你不会落到今天这样的下场。云紫是个扫帚星，赶走了她我们家才会安然。"

阳坚坚道："奶奶，云紫是个好姑娘，谁娶了她都会幸福一辈子。"

竺大娘固执己见地说："我无论如何不会让你和云紫成亲的！"

"那你说我和谁成亲好？"

"你表妹蓝苹。"

"你还在提蓝苹，我是绝不会娶她的！"

"坚坚，你知道吗，自从你把石灰粉烧成功后，你姨奶奶又过来和我说了一次，一定要把蓝苹嫁给你，我想等你把伤养好后，就把蓝苹接过来。"

"奶奶，你别来烦我好不好！我不会同意的！"说罢，又对糟老头说，"大爷，你回去告诉云紫，叫她明天到这里来一趟，我有事要对她说。"

糟老头点点头说："我一定转告云紫。"

云紫被羊劼扛回家后，羊劼逼着云紫和他成亲。云紫宁死不从，羊劼气急败坏，把云紫捆在木柱上，手拿一条竹棍子，穷凶极恶地吼道："云紫，我告诉你，阳坚坚已经被我害死了，没有人来救你了，今儿个你就是我砧板上的肉，我想怎么切就怎么切，我想怎么剁就怎么剁，乖点儿，就少受皮肉之苦，否则我这棍子下去，不死也得脱层皮。我给你半个时辰考虑，好好想一想吧。"

时间一分一秒地过去，云紫默不作声，羊劼的心却在一阵阵紧缩。"时间到！"羊劼把竹棍子抖得索索作响，威慑道："云紫，我最后问你一句是答应还是不答应？"

云紫斥骂道："少废话！要打要杀随你便！"

羊劼暴跳如雷："臭婊子，死到临头还嘴硬，我让你去见阎王爷！"举棍就要朝云紫打去。

这时，羊荻过来吆喝道："羊劼，把棍子放下！"

羊劼不解："爹爹，什么意思？"

羊荻斥道："你这个废物！只知道打打杀杀的，能征服得人心吗？"

"爹爹，那你说如何对付云紫？"

"你先出去，我来劝劝云紫。"

　　羊劾退了出去，羊获把捆在云紫身上的绳子解开，和颜悦色地说："云紫，我家羊劾脾气不好，希望你不要计较。你和羊劾这桩婚事，是你爷爷亲口许诺的，再说羊劾用两万元钱把你娶了过来，名正言顺的夫妻。阳坚坚再好，也与你家有不共戴天之仇，和仇家成亲，又有什么好？你知道吗，当年他爷爷把你奶奶害死，说不定阳坚坚这小子有朝一日把你也害死。依我看，嫁给我儿子比嫁给阳坚坚要好，你好好地想一想，你大伯的话说得对不对。"

　　云紫理直气壮地说："大伯，你说的话一点也不对。我的婚事我爷爷能做主吗？你说羊劾用两万元钱娶了我，我什么时候答应过这门婚事？至于我们两家的仇，那是几十年前的事了，和我们这一代年轻人有什么相干？阳坚坚是个心地善良之人，他不会害任何人，更不会害我！"

　　羊获摊摊手说："云紫，就算你说得对，可是阳坚坚现在已命丧黄泉，你年纪轻轻，总不能守寡一辈子吧？"

　　"坚坚哥命大福大造化大，他不会有事的。"

　　"可溜巴子和丑老三回来告诉我，他们听医生说，阳坚坚已经不行了。"

　　"不可能！是他们在瞎说！"

　　"云紫，我劝你还是死了这条心吧！"

　　云紫断然说："这一生我谁也不嫁，要嫁就嫁给阳坚坚！"

　　羊获勃然大怒："云紫，别敬酒不吃吃罚酒，你不听我劝告，有你的好看！"说罢愤愤而出。

　　糟老头回到家里，见云紫不在家，就在村里各家各户寻找起来，可寻遍了全村，也不见云紫的踪影，心想：不好了，会不会又被羊劾抢走了？想到这里，他的心不由得打了个冷战，这羊劾真的是个心狠手辣的黑帮分子！落在他手里不死也得脱层皮，得想办法把云紫解救出来才是。他赶紧把这事跟卞四叔说了。

卞四叔说："我去叫几个乡亲来，马上去羊劾家救人。"

乡亲们听说云紫被恶霸羊劾抢去了，一个个手拿木棍声讨羊劾。

乡亲们在卞四叔的带领下，朝羊劾家拥去。羊劾屋里，只见羊劾狂笑道："臭婊子，我羊劾得不到你，别人也休想得到！"羊劾拿来一把尖刀，对着云紫的胸膛恐吓道："臭婊子，我给你最后一分钟的时间，好好想一想，若再执迷不悟，我这把刀子送你上西天！"

云紫横眉怒目："少啰唆！动刀吧！"

羊劾气急败坏，举起尖刀要朝云紫的胸膛刺过去。

就在这时，羊获喘着粗气跑过来大叫说："羊劾，不好了，乡亲们都拿着家伙奔我们家来了。"羊劾转头一看，只见乡亲们呐喊着冲了进来。卞四叔一个箭步冲上去，夺下羊劾手中的尖刀，把云紫从虎口里救了出来。

众乡亲举棍朝恶棍羊劾打去，卞四叔制止道："各位乡亲，把棍子放下来，现在还不是出恶气的时候。"

众乡亲愤怒地说道："卞四叔，羊劾把云紫打成这样，我们为什么要对他手软？"

卞四叔道："乡亲们，我们是来救云紫的，不是来打人的。再说羊劾毒如蛇蝎，难道我们也和羊劾一样恶毒？一切待阳坚坚出院后再说吧！"

众乡亲这才静下心来。糟老头见云紫被羊劾打成这样，心疼地说："云紫，都是爷爷不好，让你受苦了！"

云紫忍着伤痛说："爷爷，坚坚哥怎么样了？"

糟老头道："坚坚醒过来了，他要你去一趟，说有事找你。"

"我马上就去！"云紫完全忘记了伤痛，一拐一拐地朝医院挪去。

云紫来到医院，竺大娘见了，绷着脸呵斥道："你又来干什么？这里不欢迎你。"

云紫道："我来看看坚坚哥。"

"云紫，我求求你，别再来缠着我家坚坚了，这一次差点要了他的命。"竺大娘蓦地朝云紫跪了下来。

云紫赶忙去扶她，可竺大娘说啥也不肯起来，眼泪汪汪地说："云紫，你不走，我就跪死在你面前。"

云紫慌了手脚，不知如何应对，只呆呆地站在那里干着急。这时护士过来了，见到这种情景，忙问是怎么回事，云紫把前因后果告诉了她。护士听后说："大娘，这就是你的不对了，人家来看望你家坚坚，是一片好心，你却把人家拒之门外，论情论理都说不过去，我看你还是让她进去吧！"

竺大娘这才不情愿地起身说："你来看可以，但只能看一眼就走。"

云紫来到阳坚坚床前，阳坚坚见云紫浑身是伤，心疼地问道："云紫，你是不是又被羊劲打了？"

云紫点点头说："我一到家，羊劲就把我捆了去，逼着我和他成亲，我不从，他就拿棍子抽我。"

阳坚坚咬牙切齿地骂道："羊劲，真是一条豺狼！如今已经形成一个黑恶势力，三番五次蓄意破坏扶贫工作，无恶不作，看来非除掉不可！"

"坚坚哥，你叫我来有何吩咐？"

"云紫，我一时半刻出不了院，关于石头村石料加工厂的开工建设，还有即将开始烧第二期石灰等工地上的事情，就托付你和卞四叔来操心管理，千万不能停工啊！"

云紫道："坚坚哥，你尽管放心，我们会按照你说的去做的。"

竺大娘在一旁努着嘴，见孙子和云紫在不停地说话，没完没了，就咳嗽一声，示意云紫快点走，可云紫对她的示意不理不睬，继续和阳坚坚说着话。竺大娘越听越烦，就下逐客令："云紫，你好像有说不完的话，告诉你我孙子的身体欠佳，你快走吧！"

阳坚坚见奶奶黑着脸如此说话，就劝奶奶道："奶奶，我和云紫说两句话，用得着你动这么大的肝火吗？"

竺大娘见孙子向着云紫，就撒起泼来，一把眼泪一把鼻涕地数落道："你这个没良心的兔崽子，你爹娘去世得早，我一把屎一把尿把你抚养大，吃了多少苦，而今翅膀硬了，就把爷爷奶奶丢在一边去了，我不想活了！"说着拿脑袋朝墙上撞去。

云紫赶忙拉住她，对阳坚坚说道："坚坚哥，你奶奶也是为了你好。"阳坚坚见奶奶要死要活的样子，长叹一声道："罢了，罢了。你先去做事吧！"云紫道："坚坚哥，我走了，你要好好地养伤。"

第十三章

半个月后，阳坚坚终于痊愈出院了。

阳坚坚走出病房，伸了伸手臂，又弯了弯腰，随后又踢了踢腿，一切都那么自如且舒适，他不禁兴奋地说："我又可以上工地干活了！"

竺大娘在后面问道："坚坚，有没有哪儿不适？"

"没有，和先前一样。"

"没有就好，这一次，我为你好担心，生怕你落下残疾，这一生你就完了。"

阳坚坚回到工地，众人见了，无不欢欣鼓舞。

阳坚坚双手挥挥说："谢谢乡亲们救了我！今后，我今后就是乡亲们的人了！石头村一天不脱贫致富，我一天不走出这个石头村！现在，我们第一期石灰窑成功了，石料加工厂的初步建成，这都是一个个脱贫致富的福音！我们下一步马上进行第二期石头装窑和第三期筹备工作。

同时，我们要紧急向上级交通运输部门报告，得请他们支持马上把这条崎岖山路修成水泥路，一是解决来往车辆安全问题，二是打通脱贫致富的命脉之门！"

众乡亲欢声齐叫道："好啊！我们都听你的，一起加油干！"

羊家父子见到口的肉又被乡亲们夺了回去，好不气恼。羊劾埋怨道："都是你，说什么要劝劝她，若是照我的脾气云紫早成了我的刀下之鬼了！"

羊获斥道："你懂个屁！整天就知道杀杀，你以为杀个人就那么容易！如果你把云紫杀了，别说乡亲们容忍不了你，法律也容忍不了你，这会儿你准蹲在监狱里了。"

"那你说咋办？"

"等阳坚坚死了，这石头村有谁敢娶云紫？只要你耐心地等一等，云紫早晚还是你的。"

"爹爹，你这话有道理！"羊劾转脸大喜。

就在这时，丑老三和溜巴子气喘喘地闯进门来，大呼小叫道："羊大哥，不好了，阳坚坚没有死！"

"什么？阳坚坚没死，你听谁说的？"

"我们亲眼看见的。"

"不可能，从那么高的地方摔下去，哪有生还的希望，准是你们看花眼了。"

"没有！我们清清楚楚地看见阳坚坚和云紫又走在一起了。"

"胡扯！是不是看见他的魂魄了？"

"这大白天的，不可能有鬼。羊劾哥，你不信我们的话，可以亲自去看一看。"

羊获道："羊劾，也许阳坚坚真被医生抢救过来了。"

"爹爹，阳坚坚没死，我该怎么办？"

羊获狠毒地说："有阳坚坚在，云紫你是得不到手了。羊劾，既然如此，我们不得不大开杀戒了。"

"爹爹，我马上去把云紫杀了！"

羊家父子拿着刀气势汹汹地朝糟老头家奔去。糟老头和云紫此时正在家中吃饭。云紫说："爷爷，坚坚哥借给你的那两万元，你可要记得还给他！"

糟老头说："我一定会还的。不过眼下没钱。"

"爷爷，你可以跟着坚坚哥上山烧石灰粉，一天还有百十元的工资。多干几个月就可以还清了。"

"云紫，今天我就跟着你上山干。"

"好。"

两人吃罢饭，正准备动身上山，只见羊家父子蹿上来，二话不说，把云紫和糟老头按在地下，用绳子捆了个结结实实。

羊劾恶狠狠地说："云紫，今天你不答应嫁给我，你和你爷爷都得死！"

羊获狞笑道："糟老头，还记得几十年前你守仓库的那个夜晚吗？"

糟老头惊讶地问道："羊获，你提那个事干什么？"

"嘿嘿！糟老头，临死之前，我想让你死个明白！"羊获凶相毕露，"那一年，阳宝山为了达到霸占你老婆的目的，不惜任何手段。为了支开你，他故意让你去守夜，然后他又找到我，要我去偷生产队的东西，放进你家的地窖里，然后嫁祸于你。"

糟老头听罢，恍然大悟地说："羊获，想不到那事是你干的！"

"阳宝山偷鸡不成反蚀把米，你老婆宁死不从，还把他的手腕咬伤了。阳宝山恼羞成怒，把你老婆给害死了，从此你和他结下了怨仇，而你却从不怀疑我也参与了此事，还对我感恩戴德，还把孙女许配给羊劾。可你知道吗，我家羊劾是个什么样的人？他是个杀人不眨眼的黑道魔鬼！把云紫许给他，就等于把她往死神手里送！"

糟老头大吼一声："羊荻，你们父子是一丘之貉，都是黑道恶霸！怪我以前瞎了眼，你们要杀要砍，冲我来，云紫是无辜的，把她放了！"

羊荻阴险地说："想得美！告诉你，云紫若想活命，除非答应嫁给羊劾，否则就是死路一条！"

云紫鄙夷地说："羊荻，你白日做梦！"

羊劾不耐烦地说："爹爹，少跟他们啰唆，一刀解决算了！"

"好！羊劾，动刀吧！"羊劾举刀直朝云紫砍了下去。

就在这节骨眼上，阳坚坚疾速赶来了，见羊劾举刀欲砍云紫，几步冲上去夺下羊劾手中的刀。

阳坚坚气愤地说："羊劾，你平常作恶多端，今天又拿刀行凶，严重触犯法律，跟我走，上公安局去！"

羊劾见了，赶紧求饶道："坚坚，饶了我吧，我也是一时糊涂。坚坚，我这回保证痛改前非，今后再也不干坏事了。"

"你是真的能改吗？"阳坚坚抓住羊劾的手松了松。

"保证能改，保证能改。"

羊劾见阳坚坚心慈手软，趁他不注意，猛地挣脱了阳坚坚的手，父子两个如丧家之犬，跑远了。

糟老头要去追赶，阳坚坚阻止道："等等，这股黑恶势力，已经猖獗不了几天了，我们可以叫人先去公安局报案，交给公安部门去查办他们吧，他们终究逃脱不了法律的制裁！走，等着我们的还有更重要的事情要做！"

这一年冬天，民主选举村领导班子计划在进行着，乡镇党委经过慎重考虑，初步拟定了十个候选人名单。然后，再从这十个候选人中选出五名村领导班子。

竺大娘见了，马上回到家里，把情况一五一十地告诉阳宝山。阳宝山听了，问道："那上面有没有坚坚的名字？"

"有，排在最前头。听说是担任村里第一书记。"

阳宝山紧张地问道："卞四叔有没有入选名单？"

"有，排在孙子后头。"

阳宝山浑身哆嗦："不得了啦！这卞四叔一坐上这个宝座，我非要被他整得死去活来不可！"

竺大娘不以为然："你不必这么紧张。我看卞四叔不是你这种小肚鸡肠的人。不会为过去这么多年的陈芝麻烂谷子的事耿耿于怀。"

"你不知道，当年卞四叔一家被我逼得走投无路，他有朝一日要报仇的。"

"他要是想报仇，早把你杀了。"

"没逮着机会。"

"谁叫你过去干了那么多伤天害理的事？"

"我，我鬼迷心窍了。"阳宝山抱着头蹲坐在地上。

很快，民主选举村领导班子顺利进行。

这天主持会议的是乡镇党委刘书记，他站在讲台上，朗声地说："同志们，我代表镇党委、政府来你们村选举村委班子，希望大家积极配合，选举出备受欢迎的村干部。"

阳宝山听说已经开始选举村委领导班子，心中一直不安，在屋里踱来踱去。

竺大娘见了，问："坚坚他爷爷，你今天发神经了？"

阳宝山焦灼地说："你偷偷去会场打听打听，看卞四叔有没有被选为村干部。"

竺大娘答应一声，颠着屁股去了。

竺大娘来到会场，只听镇党委书记大声地说："经过全村人投票选举结果，阳坚坚被选为村支部第一书记，卞四叔选为村委会主任……"竺大娘听到这里，连忙回去报信了。

竺大娘一到家，阳宝山急不可待地问道："坚坚他奶奶，卞四叔选上了没有？"

"卞四叔被村里人选为村委会主任。"

阳宝山一听这个消息，当即昏厥过去，从此卧床不起。

几个月以后，在市、县交通运输部门和扶贫部门的大力支持下，乡亲们在阳坚坚的带领下，开天辟地终于用水泥硬化了这条崎岖不堪的石山路。紧接着，石头村又顺利烧出了第三期、第四期石灰粉，刚建成的村石料加工厂机器也开始运作，每天能生产碎石料近十吨，销售火爆得很。

石头村的石头不再是死气沉沉的石头，而是眨眼一变为金瓜子蛋蛋了。

石头村有了钱，阳坚坚第一个愿望就是修一所学校。阳坚坚对云紫说："云紫，我初步估算了一下，咱村修一所学校的钱绰绰有余，现在就去选校址。我想了很多遍，还没想出个较为理想的地方，你想想看，哪一个地方最合适？"

云紫想了想说："村东青山坳那地方很好，那里树木成荫，泉水潺潺，冬暖夏凉，是孩子们学习的最佳场所。"

阳坚坚听了，连声叫好："这地方太好了！"

学校很快破土动工了。动工这天，小伟和翠翠来到工地观看。"叔叔，修学校了？"小伟和翠翠亲切地叫喊着。

阳坚坚一把抱住两个孩子，点着头说："小伟，翠翠，用不了多久，你们就有书读了。"

"叔叔，学校修好后，你一定要来告诉我们。"

"小伟，翠翠，等叔叔把学校修好后，我亲自来接你们上学。"

"好的，叔叔，我们等着这一天哩！"

第十四章

石头村变了，变得越来越有钱了！

这一年下来，入了股的每户村民在石头村石灰股份有限公司分红得利近十万元，另外还有每月两三千元的务工收入。当拿到从未见过的一捆捆崭新的百元大钞时，许多村民当即滚落下一行行热烫烫的眼泪。

特别是曾一直在贫困线上苦苦挣扎的邹大婶，双手接过几捆钞票后，情不自禁地哭泣着说："感谢伟大共产党！社会主义好！感谢党的好干部阳伢子！"

石头村终于有钱了，一些村民开始把破旧的老房子翻新，还有的村民准备选购自己中意的车辆了。大家欣喜地发现，石头村终于找到了脱贫攻坚的突破口，已经共同起步在致富跑道上。

第二年开春，石头村历史上第一所学校终于竣工了。这天举行开学大典。一大早，学校礼堂聚集了许多前来庆贺的群众，甚至省、市、县教育局和扶贫办领导闻讯也赶过来道贺。

一个个小孩被爸爸妈妈或爷爷奶奶领来上学，一个戴着眼镜的老师热情地把孩子们领进了教室。

开学典礼就要开始了，可是阳坚坚还没来。于是，大家翘首望着学校门口，希望阳坚坚的身影立即出现。

阳坚坚哪里去了？原来，他起床后，直朝邹大婶家走去，他今天要领小伟和翠翠去上学。小伟和翠翠早早地站在门口盼望叔叔到来，当看到阳坚坚时，两人迫不及待地扑了上去，大喊道："叔叔！叔叔！"

阳坚坚把两个孩子抱在怀里，兴奋地说："小伟，翠翠，叔叔领你们上学去！"

两个孩子欢呼雀跃："哇，叔叔，我们有书读了！"

他们刚走到学校门口，众人齐声欢呼道："阳伢子来了！"礼堂里立马响起了潮水般的掌声。在一阵鞭炮声中，石头村学校终于开学了！在这个典礼上，阳坚坚兴高采烈地告诉大家，村里下一步还要成立一家石雕公司，拟聘请国内工艺大师过来精雕细琢石头村的石头，销往全国各地甚至远销境外赚外汇。另外，下个月村里还将计划建立一个卫生室，要让石头村人人享受卫生健康保障待遇。乡村振兴，为期不远了……

礼堂里一次又一次响起雷鸣般的掌声。

就在这时，竺大娘惊慌失措地跑进了礼堂。竺大娘来到阳坚坚面前，哭哭啼啼地说："坚坚，快回去看看，你爷爷像是生了急病，昏死过去了。"

阳坚坚跟与会领导和嘉宾们打了个招呼，连忙朝家里奔去。阳坚坚把爷爷扶上汽车，正准备送往医院，云紫匆匆赶来说："坚坚哥，我也去。"

阳坚坚一招手，说："快上车！"阳坚坚把车开进医院，两人把阳宝山送进急诊室。他们站在急诊室门口紧张地等待抢救结果。不一会儿，医生出来了，阳坚坚问道："医生，我爷爷犯了什么病？"

医生说："你爷爷没有什么大碍，只是精神处于高度紧张状态，过不了多久会醒过来的。"两人听了松了口气。

阳坚坚说："云紫，你留下来照顾我爷爷，我还要回家安排工作。"云紫点点头。

那边羊家，这对惶惶不可终日的父子终于爆发了武斗。羊劮手持菜刀，恶狠狠地说："蠢东西！你每次出的都是馊主意，阳坚坚不但没被我杀死，反而被村里人选为第一书记，成了石头村的致富带头人、大靠山！"

羊荻训斥道："都怪你自己不中用，还找老爹出气！"

"没用的是你！我杀了你！"羊劮举刀砍了过去。

羊荻一边躲避一边喝道："羊劮，你敢杀亲爹，不怕雷打火烧？"

"羊荻，我不认你这个爹了！"

"羊劮，你若不认我这个爹，我也不认你这个儿子了！"说着他也操起一把菜刀朝羊劮砍去。

两个人在屋里厮杀起来。渐渐地，羊荻招架不住，被羊劮一刀砍中手臂，惨叫一声，捂住鲜血淋漓的手臂落荒而逃。

羊劮在背后破口大骂道："别让我再看到你，总有一天我要杀了你！"

云紫在医院守在阳宝山床前，良久，阳宝山才苏醒过来，弱弱地说："水……水。"云紫连忙把水送到阳宝山嘴边，一勺一勺地给阳宝山喂水。喝罢水，阳宝山慢慢地睁开眼睛，一看云紫站在床前，忙又把眼睛闭上。云紫亲切地叫喊道："大爷，好些了吗？"阳宝山理也不理她。

云紫道："大爷，说话呀。"

阳宝山这才没好气道："你走吧！"

云紫道："大爷，是坚坚哥吩咐我照顾你的，他未来之前，我不能离开你。"

"我不要你照顾！"

突然，传来敲门声，云紫说："坚坚哥来了。"

　　说着忙把门打开。进来的不是阳坚坚，而是卞四叔。阳宝山一见卞四叔，慌忙滚下床去躲进床底下。

　　"好了，卞四叔，你去看看吧。"

　　两人来到床前，阳宝山已不见了。卞四叔道："老支书去哪里了？"

　　云紫道："不知道。"

　　卞四叔亲切地叫喊道："老支书，你在哪里？"

　　两人在屋里四处寻找阳宝山。云紫低下头往床底下一瞄，看到了阳宝山。

　　"卞四叔，老支书在床底下。"

　　卞四叔蹲身和蔼地说："老支书，躲在床底下干什么，出来呀。"

　　阳宝山在床底下哆哆嗦嗦地说："卞四叔，不要杀我！不要杀我！"

　　卞四叔说："老支书，我又没带刀，如何杀你？"

　　"那你来干什么？"

　　"我来看看你的病是否好了。"

　　"我不要你看，你快走！"

　　"老支书，你出来，我有一个好消息告诉你。"

　　"什么消息？"

　　"阳坚坚书记今天在学校开学典礼上，还受到了上级领导的嘉奖表彰！"

　　阳宝山一听，立即从床底下爬出来，精神抖擞地高喊："我后继有人了！"

　　"爷爷，你的病好了？"这时，阳坚坚进来说。

　　阳宝山一把抱住坚坚，不无夸奖道："坚坚，你真有出息！"

　　云紫说："这都是改革开放政策和精准扶贫战略给我们石头山村带来的幸福！"

　　望着云紫消瘦的脸膛，阳坚坚抱歉地说："云紫，你辛苦了！"

阳宝山动情地说："云紫为了我，昨晚一夜没睡，真是辛苦她了。"

卞四叔道："阳支书，云紫是个好姑娘，她和坚坚是天生的一对，你就答应让他们成亲吧！"

阳宝山哀叹道："只怕我同意了，糟老头不同意。"

"糟老头早同意了。"

阳宝山这才由衷地说道："卞四叔，说句实话，云紫是个好姑娘，能做我家的孙媳妇，是我家的福气。"

卞四叔说："云紫，你们打算什么时候结婚？"

云紫道："由坚坚哥决定吧。"

阳坚坚道："就定在明天。"

阳宝山神采奕奕地回到家中，竺大娘惊喜地说："坚坚他爷爷，你的病好得这么快？"

阳宝山哈哈大笑道："我本没病，只因精神紧张过度，才昏厥过去的。当我一听见孙子好戏连台，我的病便飞到九霄云外去了。"

竺大娘道："坚坚呢，他没回来？"

"他和云紫上镇政府登记领结婚证去了。"

"什么？他要和云紫结婚？"

"别大惊小怪，云紫是个好姑娘，能做我家的孙媳妇打着灯笼也难找！"

"也是，现在看来，她和蓝苹比起来，还真的强十倍哩！"阳宝山点点头，又黯然道："可惜他们的婚礼我不能参加。"

"为什么？"

"我没脸见糟老头。"

"他们什么时候结婚？"

"明天。"

"那我们还不赶快张罗洞房去！"

第十五章

羊获那日被羊劼赶出家门后，躲在山后的一个岩洞里。两天来，他没进过一粒食，饿得四肢无力。他摸摸身上，空空如也，怎么办？回家去吧，羊劼那么凶残，还不是白白地去做他的刀下鬼；如不回家，就得饿死。唉！羊获觉得横竖都是死！

忽然，他眼前亮了一下，大骂自己道："我羊获咋这么笨呢！放着儿子偷来的钱不花，偏偏在这里受气挨饿。羊劼呀羊劼，你不认我这个爹爹不要紧，我有那笔钱就足够我逍遥快活一生了！"说罢，他朝那天藏麻袋的地方奔去。

羊劼把羊获赶出家门后，孤零零地一个人待在家里。眼下，全村人都跑去归附了阳坚坚参加脱贫致富工作，他再也没有能力搞破坏了。他想：既然如此，我还待在村里干什么，不如带上那笔款，远走他乡！想罢，羊劼飞脚朝藏钱的地方跑去。

刚出门，就见丑老三和溜巴子朝这里走来，羊劼一把上前抓住两人，恶狠狠地吼道："你们把那两万元钱都拿出来！"

两人道："钱是我们的，为什么要拿出来？"

"那是我拿给你们的！"

"那我们也帮你办了事啊！"

"少废话！赶快拿出来！"

"不拿出来你能把我们怎么样？"

"我杀了你们！"羊劼举刀朝两人砍去。一见明晃晃的尖刀，两人使劲地挣扎开了，吓得抱着脑袋屁滚尿流而去。

羊获一口气跑上山，找到藏钱的地方，用双手刨呀刨呀，使出吃奶的力气把包提了出来。

"哈哈！这钱是我羊荻的了！"羊荻兴奋得忘乎所以，背起包就走。

没走几步，羊劼从旁边闪了出来，拦道："住手！你不能带走，快把包放下！"

羊荻叫嚣道："凭什么要我放下？"

羊劼恶毒地说："凭我手中这把刀！"

"羊劼，咱父子俩把这笔钱平分了，今后各走各的路，互不相干，怎么样？"

"你想得美！我老实告诉你，谁也别想从中拿走一分钱！"

"羊劼，既然如此，你跟我上公安局去！"羊荻拽着羊劼威胁着。羊劼恼羞成怒，手持一把刀直朝羊荻捅去，羊荻惨叫一声，便倒在地上。羊劼顾不得那么多，慌忙背上包就要逃走，没想到，几位警察突然出现在他面前，后面，是已经被抓住的两个败类丑老三和溜巴子。

警察喝道："羊劼，快把包放下！"

羊劼结结巴巴地说："你们……想干……什么？"

"羊劼，那包里装的是什么？"

"是……"

"倒出来看看！"

"不……不。"

两名警察冲上去夺过包，打开来说："羊劼，你现在还狡辩什么！"

羊劼哑口无言。为首的警察神情严肃地说："羊劼，我们接到群众举报后，现已查清了你这笔钱的来历，这是你几年前在广州偷抢得来的不义之财！另外，我们还查清了你们这股黑恶势力，一直狼狈为奸，鱼肉乡里，绑架民女，胁迫凌辱，无恶不作，甚至一再阻碍和破坏社会主义新农村建设，已经是怨声载道，罪不可赦！现在，我宣布，你们被逮捕了！"

羊劼、丑老三、溜巴子听了，顿时都瘫倒在地上。

很快，阳坚坚和云紫风风火火地举行了婚礼，全村人都前来恭贺道喜。两位有情人终成眷属。